REVISED AND EXPANDED EDITION

derisive laughter

from a Bad Poet

Mr. Lee Khēpa Baul

- Excerpts from the Teaching of an American Baul
- Auszüge aus der Lehre eines Amerikanischen Baul
- Fragments de l'Enseignement d'un Baul Americain

HOHM PRESS

Printed in The United States of America
ISBN: 0-934252-36-X

Library of Congress Card Number: 93-077422
Published by Hohm Press P.O. Box 2501 Prescott, Arizona 86302

Foreword to the Revised Edition

It was Gurdjieff's advice to readers of his *magnum opus* that they read it first mechanically, a second time as if reading it aloud to another, and a third time seeking to grasp its meaning.

I cannot help remembering that before Mr. Lee Khêpa Baul's book which will probably serve not only his American, German, and French students but bi- and tri-lingual people who care enough about what he says to re-read him.

Once more it has been a pleasure to read something with the ring of personally realized truth, and in a style that is both eloquent and without literary pretensions—a remarkable "bad poet" indeed!

—Dr. Claudio Naranjo,
Berkeley, CA, January 1993.

Vorwort zur überarbeiteten Auflage

Gurdjieff gab den Lesern seines Magnum Opus die Empfehlung, es ein erstes Mal mechanisch zu lesen, ein zweites Mal so, als ob man es laut jemand anderem vorlese, und ein drittes Mal mit dem Bemühen, seine Bedeutung zu erfassen.

Daran muß ich denken, wenn ich Mr. Lee Khepa Bauls Buch in den Händen halte - ein Buch, das wahrscheinlich nicht nur seinen amerikanischen, deutschen und französischen Schülern dienen wird, sondern ebenso zwei- und dreisprachigen Menschen, denen das, was er zu sagen hat, genug bedeutet, um es mehrmals zu lesen.

Wieder einmal ist es mir ein Vergnügen gewesen, etwas zu lesen, was nach persönlich erfahrener Wahrheit klingt, geschrieben im Stil, der ebenso gewandt wie ohne literarische Ansprüche ist - in der Tat, ein bemerkenswerter "schlechter Poet"!

—Dr. Claudio Naranjo,
Berkeley, CA, January 1993.

Introduction à la nouvelle édition revue et corrigée

Gurdjieff conseillait aux lecteurs de lire son magnus opus *une première fois mécaniquement, une deuxième fois comme s'ils en faisaient la lecture à quelqu'un et une troisièßme fois en cherchant à en com--prendre le sens.*

Lisant Mr Lee Khêpa Baul, je ne peux m'empêcher de me souvenir de ce conseil, ce livre servira probablement non seulement ses élèves américains, allemands et français, mais aussi ceux qui, parlant deux ou trois langues, sont suffisamment intéressés par ce qu'il dit pour le relire plusieurs fois.

Ce fut de nouveau un plaisir de lire quelque chose qui sonne vrai, d'une vérité réalisée personnellement et dans un style à la fois éloquent et sans prétentions littéraires - oui, un "mauvais poète" remarquable!

—Dr.Claudio Naranjo,
Berkeley, CA, January 1993.

Preface to the Revised Edition

Whoever comes across Lee Lozowick cannot but be struck by his blue eyes: eyes that are both crystal clear and penetrating, like a glimpse of some otherworldly beauty... Such eyes can feed the most romantic fantasies about "The Master," the magnetic quality of "sages," and other cliches . . . But there is a problem: unfortunately for our egos and fortunately for our Self — a Self that most of us only know by hearsay, since the mass of our opinions, claims, prejudices, and thoughts of all kinds prevents us from having access to it — Lee Lozowick is merciless with all romanticism and shows a particularly exquisite cruelty towards a sentimentalism that calls itself "spiritual."

We'd better get ready: the one who his disciples call "Mr Lee" makes very few concessions to the times. His appearance and way of life may remind some of the good old hippie days (long hair, colorful tee-shirts, community, and rock 'n roll) yet, if we take a closer look, we'll find that this bright man, who is about fifty, embodies Tradition in its most rigorous, profound, and even austere aspects. "Practice," "exercise," "discipline," "integrity," "consistency" are some of his key-words. Being himself the disciple of a Hindu guru, both eccentric and rooted in tradition, Shri Yogi Ramsuratkumar, Mr. Lee reasserts the crucial importance, the beauty, and the extreme exigency of the Master-disciple relationship. Today, the strangest customs of the most foreign tribes would probably feel more familiar and accessible to us than the nature of this relationship—which, nevertheless, is found at the root of all cultures, including our own, a long long time ago, it seems.

Is Lee Lozowick himself a Master? He at least fulfills this office for a group of students who, if one gets to know them, as it was my privilege, prove to be sensible, open, and sensitive individuals, far from the bigotry and sectarianism alas so common around gurus, true or false. One thing is sure: like all those—very rare—who deserve to be called "Masters," Mr. Lee is a dangerous man. His mere presence, if one starts to open to it, even timidly, operates a dynamic, a transforming energy both wonderful and implacable. It is hard to describe that feeling of being at the same time nourished, and submitted to a pressure. Those, equally rare, who have found themselves under the grip of a guru will know what I mean.

As a witness for the truth—which is neither a dogma nor an ideology, but simply *what is,* and that we do not want to face—Lozowick is a mirror. Like the bad queen of the fairy tale, we usually surround ourselves with false mirrors whose only function is to tell us day after day that we are the most handsome, elegant, and amiable creature ever to have walked this earth. Facing Mr. Lee, one receives, without a warning, a severe shock: that of seeing one's real face. A disturbing vision; not a pretty sight; very different from the mental imagery we have built and are maintaining at such a high cost, through efforts that are as exhausting as they are, in the end, useless.

Yet, once we have accepted—or started to accept, let us be realistic—our monstrosity, once we have looked in the eyes of the ugly beast, the beauty starts revealing itself. But it won't before we have kissed the beast on the mouth, and that is precisely what Mr. Lee invites us to do in the first place. And, that in itself may take some time.

This man is also dangerous simply because he means what he says and does not stop halfway. Shri Swami Prajnanpad, Arnaud Desjardins' master, used to say about spiritual practice or *sadhana*: "It is not a joke." Though Mr. Lee is humorous—his humor being sometimes very dry—he never takes the work as a joke. Again, this is one thing we are no longer familiar with. We are so used to fooling around, going desultorily through existence without being ready to face the consequences of our deeds and attitudes. We have been brought up in a world which encourages us to play with love with an eye on the so-called safety exit. We think we can draw our cards away any time when the game gets tough. Mr. Lee never draws his cards away. When the game gets hot, he puts more money on the table and gives you a clear look, without making a fuss about it all. This is the game, and that's it.

All this being said, let me give you a piece of advice: if you want to add a spiritual touch to your conditioning, go from workshop to session, from therapy to analysis, and believe that you are transforming yourself, throw this book away and forget you ever set eyes on it. Go to some channeling workshop or study the power of crystals. But, please, just forget about this book. It might make you want to meet the man and that could be traumatic. So, why add a trauma to your already tortured lives?

But, if you are tired of dying day after day without learning anything of real value, if you are starting to face what Mr. Gurdjieff called "the horror of the situation," this book might be helpful.

One last word: I can say all this all the more freely since I am not Mr Lee's disciple—just a friend, or a much younger brother. Being friends with such a man—I mean he, not myself—is indeed a dangerous liaison. "To meet another master when one already studies with a guru is like adding a spice to the stew," Mr. Lee once told me. That spice is hot, I tell you. Very hot. And I like it, yes I like it.

—***Gilles Farcet****, Paris, January 1993.*

Einleitung zur überarbeiteten Auflage

Wer auch immer Lee Lozowick begegnet, kommt nicht umhin, zutiefst beeindruckt zu sein von seinen blauen Augen . . . Augen, gleichermaßen kristallklar wie durchdringend, von einer Schönheit, die einer anderen Welt anzugehören scheint . . . Solche Augen mögen höchst romantische Phantasien über den "Meister", die Anziehungskraft von Weisen und andere Klischees nähren . . . Aber da gibt es ein Problem: Zum Unglück für unser Ego und zum Glück für unser Selbst - ein Selbst, das die meisten von uns nur vom Hörensagen kennen, da uns der Zugang versperrt ist durch die Masse unserer Meinungen, Ansprüche, Vorurteile und Gedanken aller Art - ist Lee Lozowicks Haltung schonungslos gegenüber allen romantischen Haltungen und von einer ganz besonders hervorragenden Grausamkeit einem bestimmten Sentimentalismus gegenüber, der sich selbst als "spirituell" bezeichnet.

Auf eines sollten wir gefaßt sein: Der, den seine Schüler "Mr. Lee" nennen, macht kaum irgendwelche Zugeständnisse an seine Zeit. Seine Erscheinung und Lebensart mögen an die guten alten Hippie-Zeiten erinnern (lange Haare, bunte T-Shirts, Community, Rock`n Roll, strahlende Frauen...); jedoch beim näheren Hinsehen werden wir entdecken, daß dieser strahlende, etwa fünfzigjährige Mann spirituelle Tradition in ihren gründlichsten, tiefgehendsten und sogar strengsten Aspekten verkörpert. "Praxis", "Übung", "Disziplin", "Integrität", "Stetigkeit" sind einige seiner Schlüsselworte. Er selbst ist Schüler eines Hindu Gurus, der ebenso unkonventionell wie in der Tradition verwurzelt ist, des Sri Yogi Ramsuratkumar; und als solcher weist Mr. Lee mit Nachdruck auf die wesentliche Bedeutung, die Schönheit und außerordentliche Dringlichkeit der Meister-Schüler-Beziehung hin. Heutzutage erscheinen uns die seltsamsten Bräuche fremder Völkerstämme wahrscheinlich vertrauter und verständlicher als die Natur dieser Beziehung - die trotzdem an der Wurzel aller Kulturen, einschließlich unserer eigenen, gefunden wird.

Ist Lee Lozowick selbst ein Meister? Auf jeden Fall erfüllt er diese Funktion für eine Gruppe von Schülern, die sich beim näheren Kennenlernen, wozu ich persönlich Gelegenheit hatte, als sensible, offene und fühlende Menschen erweisen, weit entfernt von Bigotterie und Sektierertum, wie sie leider so verbreitet sind in der Gesellschaft von Gurus, ganz gleich ob wahren oder falschen. Eines ist sicher: Wie alle diejenigen, die es verdienen, "Meister" genannt zu werden, ist auch Mr. Lee ein "gefährlicher" Mann. Allein seine Anwesenheit reicht aus, sofern jemand sich auch nur ein wenig dafür öffnet, um eine Dynamik in Gang zu setzen, eine transformierende Energie, die sowohl wunderbar als auch unerbittlich ist. Diese Empfindung, zur gleichen

Zeit genährt als auch einem immensen Druck ausgesetzt zu sein, ist schwer zu beschreiben . . . Die wenigen, die sich in die Hände eines Gurus begeben haben, werden verstehen, was ich meine . . . Als ein Zeuge für die Wahrheit - die weder ein Dogma noch eine Ideologie ist, sondern einfach das, was ist und was wir nicht anerkennen wollen - ist Lee Lozowick wie ein Spiegel. Wie die böse Königin im Märchen umgeben wir uns gewöhnlich mit falschen Spiegeln, deren einzige Funktion ist, uns Tag für Tag zu erzählen, daß wir die ansehnlichsten, elegantesten und liebenswertesten Wesen auf dieser Erde sind. Im Angesicht von Mr. Lee zu sein, bedeutet, einen ernsthaften Schock zu bekommen: nämlich unser wahres Gesicht zu sehen. Eine beunruhigende Vision, kein schöner Anblick, sehr unterschiedlich von der geistigen Vorstellung, die wir uns aufgebaut haben und die wir zu solch hohen Kosten aufrechterhalten, nämlich durch Anstrengungen, die ebenso erschöpfend wie letztendlich nutzlos sind. Und doch, wenn wir unsere Abscheulichkeit erst einmal akzeptiert haben - oder begonnen haben, sie zu akzeptieren, um realistisch zu sein - wenn wir dem häßlichen Biest erst einmal ins Auge geblickt haben, dann kommt die Schöne langsam zum Vorschein. Aber das geschieht nicht, bevor wir das Biest auf den Mund geküßt haben, und genau das an erster Stelle zu tun, dazu lädt uns Mr. Lee ein. Und allein das mag einige Zeit in Anspruch nehmen.

Dieser Mann ist außerdem aus dem einfachen Grund gefährlich, weil er meint, was er sagt und nicht auf halbem Wege stehenbleibt. Sri Swami Prajnanpad, Arnaud Desjardins Meister, sagte über spirituelle Praxis oder Sadhana: “Das ist kein Scherz.” Obwohl Mr. Lee sehr humorvoll ist - von einem Humor, der manchmal sehr trocken ist - betrachtet er doch niemals die Arbeit (the Work) als Scherz. Wiederum etwas, womit wir nicht mehr vertraut sind. Wir sind so sehr daran gewöhnt, unsere Spielchen zu treiben, oberflächlich und halbherzig durch das Leben zu gehen, ohne bereit zu sein, den Konsequenzen unserer Taten und Einstellungen ins Auge zu sehen. Wir sind in einer Welt groß geworden, die uns ermutigt, mit Liebe zu spielen und gleichzeitig mit einem Auge auf den Notausgang zu schielen. Wir bilden uns ein, wir könnten unsere Karten jederzeit zurückziehen, sobald das Spiel schwierig wird. Mr. Lee zieht seine Karten niemals zurück. Wenn das Spiel brenzlig wird, erhöht er den Einsatz auf dem Spieltisch und wirft dir einen unmißverständlichen Blick zu, ohne eine Geschichte daraus zu machen. Das ist das Spiel, und darum geht es.

Nachdem all das gesagt ist, sei dieser Ratschlag hinzugefügt: Wer seiner Konditionierung einen spirituellen Anstrich geben will, tut gut daran, von einem Workshop zur nächsten Sitzung und von einer Therapie zur nächsten Analyse zu laufen und sich einzureden, daß er sich dadurch verändere. Dieses Buch werfe so jemand weg und vergesse am besten, jemals auch nur einen

Blick darauf geworfen zu haben. Derjenige ist gut beraten, etwa an einem Channellingworkshop teilzunehmen oder sich mit der Kraft von Kristallen zu beschäftigen. Dieses Buch aber vergesse er bitte ganz einfach. Denn es könnte ihn wünschen lassen, diesem Mann persönlich zu begegnen, was wiederum verheerende Auswirkungen haben könnte. Aus welchem Grund sollten wir den Qualen unseres Lebens noch ein weiteres Trauma hinzufügen? Aber für den, der es leid ist, Tag für Tag tausend Tode zu sterben, ohne etwas Nennenswertes daraus zu lernen, und der begonnen hat, dem - wie Gurdjieff sagte - "Schrecken der Situation" ins Auge zu sehen, für denjenigen könnte dieses Buch hilfreich sein.

Ein letztes Wort noch: Ich bin in der Lage, all dies umso freier auszusprechen, da ich nicht Mr. Lees Schüler bin, sondern ein Freund oder ein erheblich jüngerer Bruder. Mit einem Mann wie ihm befreundet zu sein, ist in der Tat eine gefährliche Liaison. "Wer einem weiteren Meister begegnet, während er bereits Schüler eines anderen ist, fügt dem Eintopf ein Gewürz hinzu", sagte einmal Mr. Lee zu mir. Und dieses Gewürz ist scharf. Sehr scharf. Und ich liebe es, ja, ich liebe es.

*—**Gilles Farcet,** Paris, January 1993*

Préface de la nouvelle édition revue et corrigée

Quiconque croise Lee Lozowick ne peut qu'être frappé par le bleu de son regard: des yeux tout à la fois limpides et pénétrants, d'une beauté d'un autre monde . . . De tels yeux ont de quoi nourrir les fantasmes les plus romantiques à propos du "maître", du magnétisme des sages et autres lieux communs. Seulement voilà: malheureusement pour nos égos et heureusement pour notre soi - ce soi que la plupart du temps nous ne connnaissons plus que par ouï-dire, tant la somme de nos revendications, opinions, préjugés et pensées de tous ordres nous en barrent l'accès - Lee Lozowick est sans pitié pour toute forme de roman--tisme et se montre d'une cruauté particulierement exquise envers le sentimentalisme qui se voudrait spirituel.

Autant se tenir prêts: celui que ses disciples appellent "Mr Lee" con--cède peu de choses à l'air du temps. Sous des apparences relativement détendues qui ne sont pas sans rappeler le bon vieux temps des hippies (cheveux longs, tee shirts chatoyants, communauté et rock'n roll) cet homme rayonnant d'environ cinquante ans incarne la tradition dans ce qu'elle a de plus profond, de plus rigoureux et austère: pratique, disci--pline, integrité, persévérance, sont quelques uns de ses maitres-mots. Lui-même disciple d'un gourou hindou à la fois peu conventionnel et ancré dans des millénaires de tradition, Shri Yogi Ramsuratkumar, Mr Lee réaffirme la cruciale importance, la beauté - et l'extrême exigeance - de la relation maitre-disciple. Les coutumes des peuplades les plus reculées nous sont sans doute moins étrangères et incomprehensibles que la nature de cette relation.

Lee Lozowick lui-même est-il un maître ? Il en fait en tout cas fonc-tion auprès de disciples qui, si on les cotoient, ainsi que j'en ai person--nellement eu l'occasion, se rèvèlent intelligents, sensibles et ouverts, bien loin en tous les cas de la bigoterie et du sectarisme hélas si répan--dus autour des gourous vrais ou faux. Une chose est sûre: à l'instar de tous ceux - rares - qui méritent d'être appelés maîtres, Mr Lee est un homme dangereux. Sa seule presence, pourvu que l'on s'y ouvre un tant soit peu, met en mouvement une énergie de transformation aussi merveilleuse qu'implacable. Comment décrire cette sensation de se trouver à la fois porté et comme pris dans un étau ? Ceux - également rares -qui se sont un jour ou l'autre trouvés dans le colimateur d'un gourou me comprendront.

Témoin de la vérité - laquelle n'est ni un dogme ni une idéologie mais tout simplement ce qui est et que nous ne saurions contempler,

Lozowick est un miroir. Comme la mauvaise reine du conte de fées, nous ne nous exposons qu'aux miroirs déformants dont la seule fonc--tion consiste à nous répéter que nous sommes les plus beaux. Se trouver face à Mr Lee, c'est recevoir sans crier gare le choc de notre vrai visage. Image dérangeante, car pas très belle à voir, bien éloignée de la représentation mentale que nous nous sommes forgées et que nous perpétuons tant bien que mal au prix d'efforts aussi épuisants que stériles. Cependant, une fois acceptée notre monstruosité, une fois la bête regardée dans les yeux, sonne l'heure de la belle. Mais il convient d'abord d'embrasser la bête sur la bouche et c'est ce à quoi Mr Lee nous convie dans un premier temps.

Dangereux, cet homme l'est aussi parce qu'il va jusqu'au bout. Swami Prajnanpad, le maître d'Arnaud Desjardins, disait parfois à propos de la sadhana*: "it is not a joke", "ce n'est pas une plaisanterie". S'il sait se montrer plein d'humour - un humour parfois grinçant - jamais Mr Lee ne plaisante pour ce qui est de la voie. Encore une chose dont nous avons perdu l'habitude, accoutumés que nous sommes à survoler l'existence sans être prêts à assumer les conséquences de nos actes. Nous voulons bien jouer à l'amour mais nous réservons toujours la possibilité de retirer nos cartes dès que le jeu se fait risqué. Mr Lee va jusqu'au bout de la partie. Lorsque celle-ci devient délicate, il augmente simplement la mise et vous lance un regard clair tandis qu'il pose l'argent sur la table - tout cela très sobrement, sans en faire une histoire. Le jeu est le jeu, voilà tout.*

Par conséquent, un conseil: si vous voulez ajouter un vernis spirituel à vos conditionnements, aller de stage en atelier, de thérapie en analyse, tout en voulant croire que vous vous transformez, posez ce livre immediatement et empressez-vous d'oublier jusqu'à son exis--tence. Inscrivez-vous à une session de channeling, faites une cure de massage, intéressez-vous aux cristaux, mais surtout rayez ce bouquin de votre mémoire. Il pourrait vous donner envie d'approcher l'homme, auquel cas le choc aurait des chances d'être rude.

Mais si vous êtes fatigués d'agoniser chaque jour sans apprendre grand chose, si vous vous trouvez de plus en plus conscients de ce que Gurgjieff appelait "l'horreur de la situation", peut-être ce livre est-il pour vous.

Un dernier mot: je me permets de dire tout cela d'autant plus libre--ment que je ne suis pas le disciple de Mr Lee; simplement un ami, un très jeune frère. Nul doute que semblable amitié soit une liaison dangereuse - pour moi, par pour lui . . . "Fréquenter un autre maître lorsqu'on en a déjà un", me disait Lee, "c'est ajouter un condiment au ragoût." Ce condiment-là est épicé, très épicé. Et je l'aime violemment.

—**Gilles Farcet,** Paris, January 1993.

Introduction to the First Edition

True to the itinerant spirit of the Baul, Mr. Lee has been travelling regularly to Europe since 1986. With this book, his growing audiences in Germany and France will have the opportunity to read his words in their own native language.

The excerpts contained here are taken from a variety of sources including his published books, private talks to students, letters, and occasionally from seemingly casual remarks spoken by the spiritual Master across the bridge table, or from his place in the driver's seat of the Ashram van.

Each quote opens another window, offering the perceptive reader a glimpse of one of the many moods of this Bad Poet (a description he has applied to himself). Each quote is an entryway to one or more principles of the Master's teaching. Each entryway leads, ultimately, to the same place - the chamber of the heart in which the Master reveals the radical doctrine of loving God.

This is a book to be studied, but more than that it is a book to be prayed. May all who read it hear the laughter that is inside all his words - the derisive laughter that cuts through illusion, putting ego in its place, and clearing the way for authentic spiritual work.

— *The Editor, 1992*

Einleitung zur ersten Auflage

Ganz im Sinne der Baul ist Mr. Lee seit 1986 regelmäßig nach Europa gereist. Mit diesem Buch hat die wachsende Zuhörerschaft in Deutschland und Frankreich die Möglichkeit, seine Worte in ihrer Muttersprache zu lesen.

Die hier enthaltenen Auszüge stammen aus verschiedenen Quellen, wie zum Biespiel aus seinen veröffentlichten Büchern, von privaten Gesprächen mit Studenten, aus Briefen, und manchmal sind quer über den Bridgetisch oder von dem Fahrersitz des Ashramwagens aus.

Jedes Zitat öffnet ein anderes Fenster, erlaubt dem einfühlsamen Leser einen Blick auf eine der vielen Stimmungen dieses Schlechten Poeten (eine Bezeichnung, die er sich selbst gegeben hat). Jedes Zitat bietet den Zugang zu einem oder mehreren Prinzipien der Lehre des Meisters.

Jede Tür führt zu guter Letzt zur selben Stelle - zur Kammer des Herzens, in welcher uns der Meister die radikale Doktrin, Gott zu lieben, eröffnet.

Dies ist ein Buch, das studiert werden will, aber noch mehr als das, ein Buch, das gebetet werden will. Mögen alle, die es lesen, das Lachen vernehmen, das in all seinen Worten steckt - das Spöttische Gelächter, das die Illusion durchdringt, das Ego auf seinen Platz verweist und den Weg zu wahrer spiritueller Arbeit bahnt.

- Der Herausgeber, 1992

Introduction à la première édition

Chaque année depuis 1986, fidèle à l'esprit itinérant du Baul, Mr. Lee voyage à travers l'Europe. Grâce à cet ouvrage, les allemands et les français qui viennent de plus en plus nombreux l'écouter pourront lire son message dans leur langue natale.

Les extraits présentés ici sont tirés de sources variées, livres, conversations avec ses étudiants, lettres, remarques du Maître spirituel parfois faites apparemment sans en avoir l'air autour d'une partie de bridge ou au volant de la camionnette de l'Ashram.

Chaque citation ouvre une fenêtre différente des autres offrant au lecteur sensible un aperçu de l'une des nombreuses ambiances intérieures de ce Mauvais Poète (un terme qu'il utilise lui-même pour se décrire). Chaque citation est une porte donnant sur un ou plusieurs principes de l'enseignement du Maître. Chaque porte mène en fin de compte au même endroit - la chambre du coeur dans laquelle le Maitre révèle la doctrine radicale de l'Amour pour Dieu.

C'est un livre à étudier, mais plus que tout c'est un livre à prier. Que tous ceux qui le lisent entendent le rire qui se tient au coeur de chaque mot - rire moqueur coupant à travers l'illusion, remettant l'égo à sa place et préparant le terrain pour un travail spirituel authentique.

- Le rédacteur en chef, 1992

If you want to learn what I have to teach, you have to approach it innocently.

■

Willst du verstehen, was ich zu lehren habe, mußt du voller Unbefangenheit zuhören.

■

Si vous voulez apprendre ce que j'ai à enseigner, vous devez vous en approcher avec innocence.

❑

The nature of innocence is that every moment is different, that nothing is sustained for more than a moment. So you know that your body is innocent when your reactions last only for an instant. Otherwise you're always trying to survive, to establish some false immortality, to win, dominate and control. So, innocence is nothing but the Kingdom of Heaven.

■

Die Natur der Unbefangenheit ist, daß jeder Augenblick unterschiedlich ist, daß nichts länger als einen Augenblick aufrecht erhalten wird. Du weißt, daß dein Körper unbefangen ist, wenn deine Reaktionen nur einen Augenblick anhalten. Sonst versuchst du immer zu überleben, irgendeine falsche Unsterblichkeit aufzubauen, zu gewinnen, zu dominieren und zu kontrollieren. Die Unbefangenheit ist nichts anderes als das Königreich des Himmels.

■

La nature de l'innocence est que chaque moment est différent, que rien ne se prolonge plus d'un moment. Vous savez donc que votre corps est innocent lorsque vos réactions ne durent qu'un instant. Autrement, vous êtes encore en train d'essayer de survivre, d'établir quelque fausse immortalité, de gagner, de dominer, de contrôler. L'innocence n'est rien d'autre que le Royaume des Cieux.

❑

Enlightenment is the knowledge that all experience is transitory, including enlightenment.

■

Erleuchtung ist das Wissen, daß alle Erfahrung vergänglich ist, einschließlich der Erleuchtung selbst.

■

L'Illumination est la connaissance du fait que tout est transitoire, y compris l'Illumination.

❑

Anyone who is interested in a life that is genuine would not hesitate to risk anything.

■

Jeder, der an einem authentischen Leben interessiert ist, würde nicht zögern, alles zu riskieren.

■

Quiconque est intéressé à vivre une vie authentique n'hésitera pas à tout risquer.

❑

If you inspect your life closely, it will seem that you have come to the primal conclusion that you are separate from God, and that you must, if you are ever to find spiritual life, do something, work in a certain way, in order to return to the union you so ardently desire. But this presumption is categorically untrue. It's a hopeful belief system, but it's categorically untrue. There is nothing you can do to return to God because you are already presently That which you hope to attain and which you are seeking to reach somehow. You are That already.

Your body moves and seeks to attain what you already are. And that movement can only be frustrating. You obviously cannot attain what you already are, so the entire search must be ultimately frustrated. It's like someone frantically searching for their eyeglasses so they can see, when the glasses are resting on top of their head all along. It's a given fact of the paradigm. You cannot reach what you seek for when you are already that.

■

■

Wenn du dein Leben näher untersuchst, sieht es so aus, daß du zu der primären Schlußfolgerung gekommen bist, daß du von Gott getrennt bist, und wenn du jemals ein spirituelles Leben entdecken willst, daß du irgendetwas machen mußt, in einer bestimmten Weise arbeiten mußt, um die Einheit wiederzufinden, die du so sehnsüchtig begehrst. Aber diese Annahme ist absolut falsch. Es ist ein hoffnungsvolles Glaubenssystem, aber es ist absolut unwahr. Es gibt nichts, was du tun könntest, um zu Gott zurückzukehren, weil du bereits das bist, was du hoffst zu erreichen und was du versuchst zu verwirklichen. Du bist bereits DAS.

Dein Körper bewegt sich und sucht zu erreichen, was du bereits bist. Und diese Bewegung kann nur frustrierend sein. Natürlich kannst du nicht etwas erreichen, was du schon bist, also muß die ganze Sache endgültig scheitern. Es ist wie jemand, der verzweifelt seine Brille sucht, damit er sehen kann, während sich die Brille die ganze Zeit auf seinem Kopf befindet. Es ist eine gegebene Tatsache des Paradigmas. Du kannst niemals das erreichen, wonach du suchst, wenn du es schon bist.

■

Si vous inspectez votre vie de près, il semblera que vous en êtes arrivés à la conclusion fondamentale que vous êtes séparés de Dieu et que si voulez trouver un jour une vie spirituelle, vous devez travailler d'une certaine manière pour retourner à cette union si ardemment désirée. Mais cette présomption est catégoriquement fausse. C'est une croyance pleine d'espoir mais elle est catégoriquement fausse. Vous ne pouvez rien faire pour retourner à Dieu car vous êtes déjà, maintenant, Cela que vous espérez atteindre et que vous recherchez continuellement par un moyen ou par un autre. Vous êtes déjà Cela.

Votre corps se met en mouvement et cherche à atteindre ce que vous êtes déjà. Et ce mouvement ne peut qu'être frustrant. Il est évident que vous ne pouvez atteindre ce que vous êtes déjà, et la quête toute entière doit donc en fin de compte être frustrée. C'est comme quelqu'un qui cherche frénétiquement ses lunettes afin d'y voir clair alors qu'elles sont sur son front depuis le début. C'est un fait donné du paradigme. Vous ne pouvez atteindre ce que vous recherchez lorsque vous êtes déjà Ce que vous recherchez.

❑

Enlightenment is already true of all life. There is nothing to be attained, this is quite accurate. Why then do so many seekers of all types, bright, strong, healthy, intelligent and insightful, gentle, understanding, even compassionate, seem so empty of true Enlightenment, despite their obvious "attainments"? Why do so many surely "developed" individuals continue to suffer and feel acutely their separation from God, no matter how well they try to hide it? Why is this so even though Enlightenment is *already* true of all of them?

Awakening, which is the Revelatory assumption of obligation for this true Enlightenment, and the surrender in body, mind, and spirit unto the Great Process of Divine Evolution, is not "given" as some sort of merit or reward by some "otherly" or fatherly God who stands outside of this world and of humanity judging the appropriateness of each individual's response to religion and doles out "awakenings" like candy or new titles on the human corporate door. Yet truly Awakening must be *earned*. No simply extraordinary manifestation of body, mind or emotion is in itself the prerequisite necessary for Awakening. One must *earn* Awakening (even though it cannot be attained) through tapas, or the Real Heat of spiritual practices or Sadhana.

▪

Erleuchtung ist bereits wahr für alles Leben. Es gibt nichts zu erreichen, auch das ist sehr deutlich. Warum also erscheinen so viele Suchende - Menschen, die strahlend sind, stark, gesund, intelligent und einsichtig, sanftmütig, verständnisvoll, selbst mitfühlend - warum scheinen sie so leer zu sein von wahrer Erleuchtung trotz ihrer offensichtlichen "Fertigkeiten"? Warum fahren so viele sicherlich "entwickelte" Individuen fort zu leiden und ihre Trennung von Gott so brennend zu spüren, ganz gleich, wie sehr sie versuchen, dies zu verbergen? Warum ist dies so, obwohl sie in Wahrheit bereits alle erleuchtet sind?

Erwachen, welches die Offenbarte Voraussetzung der Verpflichtung zu dieser wahren Erleuchtung ist, und Hingabe (surrender) von Körper, Verstand und Geist unter den Großen Prozeß der Göttlichen Evolution wird nicht "gegeben" als eine Art von Verdienst oder Belohnung von einem "anderswie" gearteten oder "väterlichen" Gott, der außerhalb dieser Welt und der Menschlichkeit steht und beurteilt, ob die Reaktion eines jeden Individuums zur Religion angemessen ist und "Erwachen" verteilt wie Bonbons oder neue Titel an der Tür der menschlichen Gesellschaft. Es ist jedoch wahr, daß Erwachen verdient werden muß. Es ist dabei nicht so, daß außergewöhnliche Erscheinungen des Körpers, des Verstandes oder der Seele schon in sich notwendige Vorbedingungen für Erwachen sind. Man muß Erwachen verdienen (obwohl man es nicht durch Willen erreichen kann) durch Tapas oder durch die Wirkliche Hitze spiritueller Arbeit oder des Sadhana.

▪

■

L'Illumination est déjà vraie de tout vie. Il n'y a rien à atteindre, c'est tout à fait exact. Mais pourquoi tant de chercheurs de vérité de tous genres, brillants, forts, en bonne santé, intelligents et possédant une compréhension profonde des choses, bons, compréhensifs et même pleins de compassion, semblent-ils alors, en dépit de leurs évidentes "réalisations", manquer à ce point de véritable Illumination? Pourquoi tant d'individus assurément "développés" continuent-ils de souffrir et de ressentir intensément leur séparation d'avec Dieu (même s'ils essayent à tout prix de le cacher)? Pourquoi en est-il ainsi alors que l'Illumination est déjà vraie de chacun d'eux?

L'Eveil, qui est d'accepter la responsabilité Révélatrice de l'obligation de cette authentique Illumination et de s'abandonner de corps, de pensée et d'esprit au Grand Processus d'Evolution Divine, n'est pas "donné" comme une sorte de médaille ou de récompense par quelque Dieu "autre" ou paternel se tenant en-dehors de ce monde et de l'humanité, décidant de la justesse de réponse de chaque individu à la religion et distribuant des "éveils" au compte-gouttes comme autant de bonbons ou de titres flambant neufs accrochés à la porte de la cor--poration humaine. Pourtant, c'est vrai, l'Eveil doit être gagné. *Aucune manifestation tout simplement extraordinaire, physique, mentale ou émotionelle, n'est en elle-même la condition préalable nécessaire de l'Eveil. Il faut (bien qu'il ne puisse pas être atteint)* gagner *l'Eveil par des tapas, par le Feu des pratiques spirituelles, par la Sadhana.*

❑

The single most significant ingredient that keeps us from celebrating our lives together in true worship of the Divine is our reasonableness. Our attempt to make sense of things or find reason in things devastates our spontaneity and innocence.

That's it.

■

Der ausschlaggebende Beweis, der uns abhält, unser Leben gemeinsam in wahrhaftiger Anbetung des Göttlichen zu verbringen, ist unserer Rationalität. Unser Versuch, in allem einen Sinn zu sehen oder Gründe zu finden, zerstört unsere Spontaneität und unsere Unbefangenheit.

Das ist es.

■

Notre nature raisonnable est, de tous les ingrédients, celui qui nous empêche le plus de célébrer le fait que nous vivons ensemble dans une adoration authentique du Divin. L'effort que nous déployons pour trouver un sens ou une raison aux choses dévaste notre spontanéité et notre innocence.

Voilà.

❑

The entire human race is simply God's joke on the Devil.

■

Die ganze menschliche Rasse ist einfach Gottes Witz dem Teufel gegenüber.

■

La race humaine toute entière n'est qu'une farce que Dieu fait au Diable.

❑

Often the best way to answer a question is to create a more important question. When you hear something that makes sense, the mind immediately assumes that that's it, that you've got it, that you've understood, and immediately shuts out any vulnerability to real change.

Linear, sensible answers really do a great disservice to students, because they create an assumption that's ironclad. On your own, you'll never break those assumptions. A teacher can come in and 'stir the pot' a little, and make some cracks in the facade. But on one's own, never. Once you make an assumption it takes a tremendous amount of work to break it - ten times as much as it would take to make real change before the assumption was made in the first place.

■

Häufig kann man am besten eine Frage beantworten, indem man eine noch wichtigere Frage stellt. Wenn man irgendetwas hört, das sinnvoll erscheint, nimmt der Verstand einfach an, daß es so ist, daß man es erreicht hat, daß man es verstanden hat und sofort wird jede Offenheit einer richtigen Änderung ausgeschlossen.

Lineare, ausgefeilte Antworten erweisen dem Studenten keinen Dienst, da sie Annahmen hervorrufen, an denen eisern festgehalten wird. Aus eigener Kraft wirst du solche Annahmen niemals durchbrechen. Ein Lehrer kann kommen und "die Suppe ein wenig aufrühren" und damit einige Risse in deiner Fassade bewirken. Aber allein schafft man es nie. Wenn du erst einmal eine Annahme als wahr befunden hast, erfordert es unglaublich harte Arbeit, sie aufzulösen - zehnmal so viel Mühe, wie es dich gekostet hätte, eine echte Veränderung zu erwirken, bevor du diese Annahme gemacht hast.

■

■

Parfois la meilleure façon de répondre à une question est de créer une question encore plus importante. Lorsque vous entendez quelque chose de sensé, votre esprit suppose immédiatement que çà y est, vous avez pigé, vous avez compris, et il cesse immédiatement d'être ouvert à un réel changement.

Les réponses linéaires, intelligentes, rendent en fait un très mauvais service aux étudiants, car elles crèent chez eux une supposition dur comme fer. De vous-mêmes, vous ne briserez jamais ces suppositions. Un maître peut venir et quelque peu "secouer la barque", créer ici et là des fissures dans la façade. Mais de vous-mêmes, vous ne le ferez jamais. Une fois qu'une supposition est faite, il faut une quantité énorme de travail pour la détruire, dix fois plus qu'il en aurait fallu avant son apparition pour effectuer un changement réel.

❑

I am a very bad Teacher. Before I "awoke" I was open, friendly, kind, and patient. Now I'm unfriendly, nasty, mean, and irascible. And by the way, what does *that* tell you about awakening?

■

Ich bin ein sehr schlechter Lehrer. Bevor ich "erwachte", war ich offen, freundlich, nett und geduldig. Jetzt bin ich unfreundlich, ekelhaft, gemein und jähzornig. Und übrigens, was sagt dir *das* über Erwachen?

■

Je suis un très mauvais Maitre. Avant mon 'éveil', j'étais ouvert, gentil, bon et patient, sympathique. Maintenant je suis antipathique, désagréable, méchant et irrascible. Tiens au fait, qu'est-ce-que cela vous apprend sur l'éveil ?

❑

Man is, after all, just a machine. But he can be a machine of the world or a machine of God. One is a vending machine and the other is a transformer.

■

Der Mensch ist letztlich nur eine Maschine. Aber er kann eine Maschine der Welt oder eine Maschine Gottes sein. Die eine ist ein Automat und die andere ein Transformator.

■

L'homme n'est après tout qu'une machine. Mais il peut être une machine du monde ou une machine de Dieu. La première est une machine à sous, la seconde un transformateur.

❑

One of the qualities of this Way is foolishness. A kind of abandon - not so much being a fool as a kind of abandonment. Abandonment in the divine means that you are a little mad sometimes. Not necessarily noisy and disruptive, but a little mad, certainly in society's terms. And to ordinary people, that appears to be very foolish.

Being surrendered to Divine Will isn't a joyless, dull process. It's a process, however, that involves sacrifice, and service, and work of the highest nature and caliber that continues to become more intense as you continue to do it. It is full of celebration, full of ecstasy, full of wild abandon - clear-eyed, not drugged abandon. Generous, glorious abandon.

Your calling is not to cease being rational, it's to be *able* to cease being rational when that is what is called for.

▪

Eine der Qualitäten dieses Weges ist die Torheit. Eine Art von Aufgeben - nicht so sehr, ein Narr zu sein, sondern sich selbst zu vergessen. Sich in Gott zu verlieren, bedeutet, manchmal etwas verrückt zu sein. Nicht unbedingt laut und störend, aber etwas verrückt, zumindest in den Augen der Gesellschaft. Und für gewöhnliche Leute scheint dies eben etwas sehr Törichtes zu sein.

Dem Göttlichen Willen unterworfen zu sein, ist kein freudloser und schwerfälliger Prozeß. Es ist jedoch ein Prozeß, der Aufopferung, Dienen und eine Arbeit der höchsten Natur und Qualität verlangt, die immer intensiver wird, je länger man sie ausführt. Sie ist voll des Feierns, voll von Extase, voll von wilder Hingabe . . . klarsichtige, nicht betäubte Hingabe. Großzügige und herrliche Hingabe.

Es wird nicht von dir verlangt, daß du aufhörst rational zu sein, es handelt sich darum, fähig zu sein, dann aufzuhören rational zu handeln, wenn Irrationalität am Platze ist.

▪

L'une des qualités de cette Voie est la bêtise. Une sorte de noncha--lance - pas tant d'être bête que de se laisser en quelque sorte aller. Se détendre dans le Divin signifie que vous êtes quelquefois un peu fous. Pas nécessairement bruyants ou dérangeants mais un peu fous, en tous cas selon les normes de la société. Et pour les gens ordinaires, cela semble parfaitement bête.

Etre soumis à la Volonté de Dieu n'est pas un processus ennuyeux et sans joie. Il implique cependant sacrifice et service et un travail de nature et d'envergure rares s'intensifiant de plus en plus à mesure que nous le poursuivons. C'est un processus plein de célébration, plein d'extase, plein d'une belle nonchalance - non pas une nonchalance de drogué mais une nonchalance les yeux grands ouverts. Nonchalance généreuse, glorieuse.

Votre vocation n'est pas de cesser d'être rationel, c'est d'être capable de cesser d'être rationel lorsque les circonstances le demandent.

❑

New Age people like to repeat that we do not need gurus, that everything is our guru and that we need to listen to our inner voice. They simply forget a basic point: who is able to truly take life itself as guru? Who can listen? Since almost all human beings have only access to the voice of their ego, I don't recommend that they trust it! In any case, it is perfectly true that most people don't need a guru since they would be unable to use one anyway.

▪

Vertreter des New Age betonen gern, daß wir keine Lehrer brauchen, daß alles unser Lehrer ist und wir nur auf unsere innere Stimme hören müssen. Damit vergessen sie einen sehr wichtigen Punkt: Wer ist dazu in der Lage, das Leben selbst als Guru anzunehmen? Wer kann hören? Da fast alle Menschen lediglich Zugang zu der Stimme ihres Egos haben, empfehle ich nicht, daß sie dieser Stimme vertrauen! Auf jeden Fall ist es vollkommen wahr, daß die meisten Leute keinen Guru brauchen, da sie ohnehin keinen Gebrauch von ihm machen würden.

▪

Les gens du Nouvel Age aiment à répéter que nous n'avons pas besoin de gourou, que tout est notre gourou et qu'il nous faut écouter notre voix intérieure. Ils oublient simplement un point fondamental: qui est capable de prendre véritablement la vie comme un gourou? Qui peut écouter? Vu que presque tous les êtres humains n'ont accès qu'à la voix de leur égo, je ne leur conseille pas de lui faire confiance! Quoiqu'il en soit, il est parfaitement vrai que la plupart des gens n'ont pas besoin de gourou vu qu'ils seraient de toute façon incapables de l'utiliser.

❏

Ego is the freedom of the mind selecting an alternative to God.

▪

Ego ist die Freiheit des Verstandes, eine Alternative zu Gott zu wählen.

▪

L'égo est la liberté de l'esprit choisissant une alternative à Dieu.

❏

I often hear considerations about rock music having "bad" vibrations. I've heard good music made bad by who plays it—even very fine compositions can become implicated by bad vibrations. And poorly written music can be made good simply by who it is that performs it. Bach can be butchered or destroyed by the wrong conductor or musician. In general, all music can have a healing effect. But first you must acknowledge the illness. Our illness is the illusion of separation from God. Some music dramatizes this illusion. But even that can be valuable in helping us if we have not yet acknowledged the illusion. The point is not so much whether the vibration of the music is good or bad, but more our sophistication in using these vibrations as they are.

■

Ich höre oft Überlegungen darüber, daß Rockmusik "schlechte" Schwingungen hat. Ich habe gute Musik gehört, die einfach durch den, der sie gespielt hat, schlecht wurde - sogar in sehr schöne Kompositionen können schlechte Schwingungen impliziert werden. Und ärmlich geschriebene Musik kann einfach durch den, der sie aufführt, gut werden. Bach kann vergewaltigt und zerstört werden durch den falschen Dirigenten oder Musiker. Ganz generell kann jede Musik einen heilenden Einfluß haben. Aber zuerst mußt du die Krankheit anerkennen . . . . Unsere Krankheit ist die Illusion, von Gott getrennt zu sein. Manche Musik dramatisiert diese Illusion. Aber selbst das kann uns helfen, wenn wir diese Illusion bis jetzt noch nicht anerkannt haben. Der Punkt ist nicht so sehr, ob die Schwingung der Musik gut oder schlecht ist, sondern eher unsere Raffiniertheit, diese Schwingungen zu nutzen, wie sie sind.

■

J'entends souvent dire que le rock 'n roll a de 'mauvaises vibrations'. J'ai entendu de la bonne musique rendue mauvaise par celui qui la jouait - même des morceaux excellents peuvent être compromis par de mauvaises vibrations. Et de la musique mal écrite peut être rendue bonne simplement par celui ou celle qui la joue. Bach peut être mas--sacré ou détruit par un mauvais chef d'orchestre ou un mauvais musi--cien. Toute musique peut généralement avoir un pouvoir guérisseur. Mais vous devez d'abord reconnaitre que vous êtes malades . . . alors seulement la guérison est possible. Sans cette reconnaissance de la maladie, la guérison est impossible. Notre maladie est l'illusion d'être séparés de Dieu. Certaines musiques dramatisent cette illusion. Mais même ces musiques peuvent nous aider précieusement si nous n'avons pas encore reconnu l'illusion dans laquelle nous sommes. L'important n'est pas tant le fait que les vibrations d'une musique soient bonnes ou mauvaises, mais surtout que nous possédions la sophistication néces--saire pour utiliser ces vibrations telles qu'elles sont.

❏

To me, real street wisdom is full of the joy of life and humor and the ability to shrug our shoulders and say, "This is our world, this is the way it is, let's move on with grace and delight." Even in the emptiness of our world, we can find fullness.

▪

Für mich ist die wirkliche Weisheit der Straße voller Lebensfreude und Humor, sie hat die Fähigkeit, mit einem Schulterzucken zu sagen: "Das ist unsere Welt, so ist das nun mal, laß uns mit Anmut und Freude weitermachen." Selbst in der Leere der Welt können wir Fülle finden.

▪

Pour moi la vraie sagesse de la rue est pleine de joie de vivre et d'humour et fait que l'on peut hausser les épaules et dire:

"C'est notre monde, il est ainsi, continuons d'avancer avec grâce et plaisir". Même dans la vacuité de notre monde nous pouvons trouver la plénitude.

❑

Our petty, little lives are not the great wonders we imagine. To be who we have been created as requires a radical new disposition, and the willingness to live entirely based on that disposition. Anything else, no matter what "new age" justifications are used to excuse our miserable existences, is just ambulatory sleep.

▪

Unsere unbedeutenden kleinen Leben sind kaum die großen Wunder, die wir uns vorstellen. So zu sein, wie wir erschaffen wurden, erfordert eine völlig neue Veranlagung und die Bereitschaft, uneingeschränkt nach dieser Veranlagung zu leben. Alles andere, egal welche "New Age" Rechtfertigungen benutzt werden, um unsere miserable Existenz zu entschuldigen, ist lediglich Schlafwandelei.

▪

Nos mesquines petites vies ne sont pas les grandes merveilles que nous imaginons. Si nous voulons être ce en tant que quoi nous avons été créés, nous devons nous placer dans une disposition intérieure nouvelle et radicale et accepter de vivre entièrement selon cette disposition. Tout le reste, malgré les justifications "nouvel âge" dont nous nous servons pour excuser nos tristes existences, n'est que sommeil debout.

❑

If there is a major area in our lives left unexamined, our surrender to the Divine is made much more difficult. Everyone wants to realize the light side but not the dark side of human nature. Rock 'n roll has a certain effect on the body, mind, and emotions—the whole human system. The music and lyrics of *liars, gods, and beggars* are not gentle, they're not art or poetry. They're about confronting those parts of ourselves that hold us back from realizing the Divine: the underworld problems, passionate emotions, fear, violence. My position is that the questions raised by rock 'n roll must be resolved in terms of love in order for one to progress optimally in their relationship to the Divine.

■

Wenn es in unserem Leben einen bedeutenden Bereich gibt, den wir noch nicht untersucht haben, macht das unsere Unterwerfung (surrender) dem Göttlichen gegenüber sehr viel schwieriger. Jeder will nur die helle Seite der menschlichen Natur realisieren und nicht die dunkle. Rock 'n Roll hat einen bestimmten Effekt auf den Körper, den Verstand und die Emotionen - auf das ganze menschliche System. Die Musik und die Texte von "liars, gods and beggars" sind nicht sanft, sie sind nicht Kunst oder Dichtung. Sie handeln von der Konfrontation mit den Teilen in uns, die uns davon abhalten, das Göttliche zu realisieren: die der Unterwelt angehörenden Probleme, leidenschaftliche Emotionen, Angst, Gewalt. Mein Standpunkt ist der, daß die Fragen, die durch Rock 'n Roll aufgeworfen werden, durch Liebe aufgelöst werden müssen, um optimale Fortschritte in der Beziehung zum Göttlichen zu machen.

■

S'il y a dans notre vie une zone importante que nous n'avons pas encore examinée, cela rend notre abandon au Divin beaucoup plus difficile. Tout le monde veut réaliser le côté lumineux de la nature humaine, mais pas le côté noir. Le rock 'n roll a un effet certain sur le corps, le mental et les émotions - tout le systeme humain. La musique et les paroles de liars, gods and beggars ne sont pas tendres, elles ne sont pas de l'art ou de la poésie. Elles nous demandent de confronter ces aspects de nous-mêmes qui nous retiennent en arrière et nous empêchent ainsi de réaliser le Divin: les problèmes des mondes inférieurs, les émotions passionnées, la peur, la violence. Ma position par rapport à ça c'est que les questions soulevées en vous par le rock 'n roll doivent être résolues en termes d'amour pour que vous puissiez progresser de façon optimale dans votre relation à Dieu.

❑

Live in yourself at the same place where I live in you . . . . Be able to contact Me where I live in you . . . . Seek *that* domain and shack up there.

Lebe in dir am selben Ort, wo ich in dir lebe . . . Werde fähig, mit Mir dort Kontakt aufzunehmen, wo ich in dir lebe . . . Finde diesen Ort und lebe dort mit Mir zusammen.

Vivez en vous au même endroit où Je vis en vous . . . . Soyez capables d'entrer en contact avec Moi là où je vis en vous . . . Recherchez ce domaine et crêchez là.

I've been called a God and I've been called a Devil, and just about everything in between. Nothing without exception that has ever been said about me is true.

Man hat mich einen Gott genannt und einen Teufel und so ziemlich alles dazwischen. Ausnahmslos nichts von all dem, was je über mich gesagt wurde, ist wahr.

J'ai été appelé un Dieu et j'ai été appelé un Diable et à peu près tout ce qu'il y a entre les deux. Rien sans exception de ce qui a été dit sur moi n'est vrai.

Mankind itself is a random form, a random event. We are random creatures. Mankind is not necessary. No aspect of creation is necessary. No single form is crucial to any overall "plan" of the Great Process of Divine Evolution. Only the Matrix of creation itself, only the Context of the Will of God, or already present Divinity or Divine Essence is "necessary."

▪

Die Menschheit in sich ist eine willkürliche Form, ein willkürliches Geschehnis. Wir sind willkürliche Kreaturen. Die Menschheit ist nicht nötig. Kein Aspekt der Schöpfung ist nötig. Keine einzelne Form ist entscheidend für den gesamten "Plan" des Großen Prozesses der Göttlichen Evolution. Nur die Matrix der Schöpfung selbst, nur der Kontext von Gottes Willen oder bereits gegenwärtige Göttlichkeit oder Göttliche Essenz sind "notwendig".

▪

L'humanité elle-même est une forme née du hasard, un événement de hasard. Nous sommes des créatures de hasard. L'humanité n'est pas nécessaire. Aucun aspect de la création n'est nécessaire. Aucune forme en soi n'est cruciale à un quelconque "plan" d'ensemble du Grand Processus d'Evolution Divine. Seule la Matrice elle-même de la création, seul le Contexte de la Volonté de Dieu, ou Divinité déjà présente ou Essence Divine est "nécessaire".

❑

In Silence, and only in Silence, will you Know me.

▪

In Stille, und nur in Stille werdet ihr mich Erkennen.

▪

Dans le silence et seulement dans le silence me Connaîtrez-vous.

❑

The average man/woman is always being a victim of some sort or another. It is always "out there" somewhere that the source of the individual's problems and frustrations stem from. We blame our sorry states of affairs on externals, particularly other people, but also the world, politicians, society, "Big Brother", Nature and absurdly enough even God when all else fails to serve as a potent enough excuse or justification for our self-created miseries. Without exception, anyone who is not living Godlife is feeling, moving, and thinking as a victim. And this is patently absurd given the consideration that there is only God.

▪

Der Durchschnittsmann/ die Durchschnittsfrau ist auf irgendeine Art immer ein Opfer. Die Quelle aller Probleme und Frustrationen des Einzelnen liegt immer "außerhalb" von ihm. Die Schuld für unseren traurigen Zustand wird immer nach außen projiziert, insbesondere auf andere Menschen, aber auch auf die Welt, die Politiker, die Gesellschaft, "Big Brother", die Natur und absurderweise sogar auf Gott, falls die anderen Sachen keine ausreichende Ausrede oder Rechtfertigung für unsere selbstgemachten Miseren darstellen. Ausnahmslos jeder, der ein Leben führt, das nicht auf Gott ausgerichtet ist, fühlt sich, bewegt sich und denkt als Opfer. Ausgehend von der Annahme, daß es nichts gibt außer Gott, ist das vollkommen absurd.

▪

L'homme et la femme ordinaires sont toujours des victimes d'un genre ou d'un autre. C'est toujours "là-bas", ailleurs, que se trouve la source des problèmes et des frustrations de l'individu. Nous rejetons la responsabilité de notre triste situation sur l'extérieur, en particulier sur notre prochain mais aussi sur le monde, la politique, la société, "Big Brother", la nature, et lorsque rien d'autre ne parvient à excuser ou justifier de manière suffisamment convaincante les misères que nous nous sommes nous-mêmes créées, sur Dieu, ce que est franchement absurde. Quiconque sans exception ne vit pas en Dieu ressent, se meut et pense en victime. Et c'est évidemment absurde si l'on considère qu'il n'y a que Dieu.

❑

True compassion is unfathomable. The only one that can recognize true compassion is the one who has true compassion or who is on the receiving end in that moment when the sanctity and wonder of true compassion bypasses the grip of Ego. There are no exceptions. This is why the true Teachers are considered crazy by the vast majority of people who come to them, because true compassion is dangerous.

■

Echtes Mitgefühl ist unergründlich. Der Einzige, der echtes Mitgefühl erkennen kann, ist der, der es selbst hat oder es in dem Moment erhält, wenn die Heiligkeit und das Wunder aufrichtigen Mitgefühls die Umklammerung des Egos umgeht. Es gibt keine Ausnahmen. Aus diesem Grund werden die wirklichen Lehrer von der Mehrheit der Menschen, die zu ihnen kommen, als verrückt angesehen, denn wirkliches Mitgefühl ist gefährlich.

■

La compassion véritable est insondable. Le seul être capable de reconnaître une compassion authentique est soit celui qui possède lui-même une telle compassion, soit celui à qui elle est offerte à cet instant précis où le caractère sacré et miraculeux de la compassion authentique contourne l'étreinte de l'égo. C'est pouquoi les vrais Maîtres sont considérés comme étant fous par la grande majorité des gens. Car la véritable compassion est dangereuse.

❏

I am making my maya so outrageous that only those who are truly turned fully to the Divine, raw and alive, will understand. And that is as it should be. And that is as it is. And God is well pleased.

And what is it that you are being asked to do? Only love God. Is that so unreasonable a demand? You are only being requested to love the Lord more than you love your "self." If is not an easy thing to do, yet it is so joyous, so full. For that, I prepare you so that you may know Him. That is all I do. And you need to see this play. For He is well pleased.

For you will never understand Me. I am too sly for that. I'm too sneaky to let you into that confidence. For you couldn't sustain that understanding. And I know that. So I am the awakener, the servant, and you are the Devotees, the enjoyers. Don't try to comprehend Me, simply rest in God. Simply enjoy His Influence. See through my veils and know Him. And He is well pleased.

■

▪

Ich gestalte meine Maya so wild, daß nur jene sie verstehen können, die wirklich vollkommen auf Gott ausgerichtet, empfindsam (roh) und lebendig sind. Und so sollte es sein. Und genau so ist es. Und Gott gefällt das sehr.

Und was ist es, was von euch verlangt wird? Einfach Gott zu lieben. Ist diese Forderung denn so unzumutbar? Ihr seid lediglich gebeten worden, den Herrn mehr zu lieben als euer "Selbst". Es ist nicht leicht, aber es ist so voller Freude, so erfüllt. Darauf bereite ich euch vor, damit ihr Ihn erkennen könnt. Das ist alles, was ich tue. Und ihr solltet dieses Spiel sehen. Denn Ihm gefällt es gut. Denn ihr werdet Mich niemals verstehen. Ich bin dafür viel zu schlau. Ich bin zu raffiniert, euch ins Vertrauen zu ziehen.

Denn ihr könntet dieses Verstehen nicht aufrechterhalten. Und ich weiß das. Deshalb bin ich der Erwecker, der Diener und ihr seid die Devotees, die Nutznießer. Versucht nicht, Mich zu verstehen, ruht einfach in Gott. Genießt einfach Seinen Einfluß. Schaut durch meine Schleier und erkennt Ihn. Und Ihm gefällt es gut.

▪

Je rends ma maya si extrême que seuls ceux qui sont vraiment pleinement tournés vers le Divin brut et vivant pourront comprendre.

Et c'est ainsi que cela doit être. Et Dieu est bien content.

Et que vous est-il demandé de faire? Seulement d'aimer Dieu. Est-ce une exigence si déraisonnable? Il n'est demandé que d'aimer le Seigneur plus que de s'aimer "soi". Ce n'est pas une chose facile à faire, et c'est pourtant si joyeux, si riche. Pour cela, je vous prépare afin que vous puissiez Le connaître. C'est tout ce que je fais. Et vous devez voir ce jeu. Car Il est bien content.

Car vous ne me comprendrez jamais. Je suis trop rusé pour çà. Je suis trop sournois pour vous mettre dans le secret. Parce-que vous ne pourriez pas toujours comprendre. Et je le sais. Je suis donc l'éveilleur, le serviteur, et vous êtes les Disciples, vous êtes là pour en profiter. N'essayez pas de Me comprendre; reposez simplement en Dieu. Profitez simplement de Son Influence. Voyez au travers de mes voiles et connaissez-Le. Et Il est bien content.

❑

What's important is that people be passionately moved to a certain kind of personal work which means ultimate surrender to the Will of God. In order for that personal work to move into a more Universal Work, it requires a leap from Alpha to Omega.

There is no bridge from one domain to the next, and a bridge cannot be built. You must be catapulted. My job is to provide the rocket fuel.

▪

Worauf es ankommt, ist, daß die Menschen leidenschaftlich zu einer bestimmten Art von Arbeit bewegt sind, was im Endeffekt bedeutet, sich dem Willen Gottes zu unterwerfen. Damit diese persönliche Arbeit zu einer Universalen Arbeit wird, bedarf es eines Sprunges von "Alpha" nach "Omega".

Es gibt keine Brücke von der einen zur anderen Domäne, und eine Brücke kann auch nicht gebaut werden. Du mußt katapultiert werden. Meine Aufgabe ist es, den Raketentreibstoff zu liefern.

▪

Ce qui importe, c'est que les gens soient attirés passionnément vers un certain type de travail personnel qui signifie l'abandon ultime de soi à la Volonté de Dieu. Pour que ce travail personnel entre dans un Travail plus universel, il doit se produire un bond d'Alpha à Oméga.

Il n'y a pas de pont entre un domaine et l'autre et on ne peut pas construire de pont. Vous devez être catapulté. Mon boulot est de fournir le carburant pour la fusée.

❑

Only a teacher who has gone beyond the tricks of his (or her) own ego is able to help other individuals to go beyond theirs. And one has to trust that Teacher beyond anyone else.

▪

Nur der Lehrer, der über die Tricks seines oder ihres Egos hinausgegangen ist, ist fähig, anderen Individuen zu helfen, über ihre hinauszugehen. Und man muß diesem Lehrer mehr als irgendjemand anderem vertrauen.

▪

Seul un Maître (homme ou femme) qui a dépassé les ruses de son propre égo peut aider d'autres individus à dépasser les leurs. Et il faut donner sa confiance totale à un tel Maître.

❑

Someone usually knows who his Teacher is by the strength of the connection—the intensity of the love or the intensity of the hate.

■

Normalerweise weiß man, wer sein Lehrer ist, durch die Stärke der Verbindung - die Intensität der Liebe oder die Intensität des Hasses.

■

Un disciple sait généralement qui est son Maître par la force de la connection qu'il a avec lui - par l'intensité de l'amour ou de la haine qu'il éprouve pour lui.

❑

It is the spiritual Master's job to create questions—not to provide answers. Only you can answer your questions. Answers from the spiritual Master are like predigested foods. They have certain essential chemistry but are not "what the Doctor ordered."

■

Es ist die Aufgabe des spirituellen Meisters, Fragen zu kreieren - nicht Antworten zu geben. Nur du selbst kannst deine Fragen beantworten. Antworten des spirituellen Meisters sind vorverdautes Essen. Sie haben eine bestimmte essentielle Chemie, sind aber nicht das, "was der Doktor verordnet hat".

■

C'est le travail du Maître spirituel de créer des questions - non de donner des réponses. Vous seuls pouvez répondre à vos questions. Les réponses qui sont données par le Maître spirituel sont comme de la nourriture pré-digérée. Elles possèdent une certaine chimie essentielle mais ne sont pas "ce que le docteur a prescrit".

❑

Many seekers adopt an attitude that they can be their own masters. The reason it is so important to have a Master is because the Dharma or Teaching by itself is not enough. Ego is so sophisticated it can manipulate the data to such a degree that it becomes useless. Then our internal progress is improbable and our self-clarity subjective at best and always dubious.

▪

Viele Suchende nehmen die Haltung an, daß sie ihre eigenen Meister sein können. Der Grund, warum es so wichtig ist, einen Meister zu haben, ist, weil das Dharma oder die Lehre selbst nicht genug sind. Das Ego ist so raffiniert, es kann die Daten zu einem solchen Maße manipulieren, daß sie nutzlos werden. Dann ist unsere Entwicklung unwahrscheinlich und unsere Klarheit über uns selbst im besten Falle subjektiv, aber immer fragwürdig.

▪

De nombreux chercheurs de vérité partent de l'attitude qu'ils peuvent être leurs propres maîtres. La raison pour laquelle il est si important d'avoir un Maître est que le Dharma, ou Enseignement, n'est en soi pas suffisant. L'égo est si sophistiqué qu'il peut manipuler n'importe quelle information au point de la rendre inutilisable. Notre évolution intérieure est alors rendue improbable et la clarté avec laquelle nous nous observons est au mieux subjective et toujours suspecte.

❑

One essential element of this Work is that the Guru is completely resonant with the Divine. As we become resonant with the Guru, by extrapolation or by implication, we also become resonant with the Divine. If you want to transcend the need for a Guru or spiritual Master, you have to first surrender to the Guru, because to surrender to the Guru is to become resonant with what the Guru is resonant with, and you therefore transcend the individuality of the Guru.

▪

Ein wesentliches Element dieser Arbeit ist, daß der Guru in vollkommener Resonanz mit dem Göttlichen ist. Wenn wir in Resonanz mit dem Guru kommen - durch Extrapolation oder durch Implikation - kommen wir auch in Resonanz mit dem Göttlichen. Wenn du das Bedürfnis nach einem Guru oder einem spirituellen Meister transzendieren willst, mußt du dich erst dem Guru unterwerfen, denn sich dem Guru unterwerfen bedeutet, mit dem in Resonanz zu kommen, mit dem der Guru in Resonanz ist, und daher transzendierst du die Individualität des Guru.

▪

■

Un élément essentiel de ce Travail est le fait que le Gourou est en résonnance complète avec le Divin. Etant nous-mêmes progressivement en résonnance avec le Gourou, nous sommes donc aussi progressivement, par extrapolation ou par implication, en résonnance avec le Divin. Si vous voulez transcender le besoin d'un Gourou ou d'un Maître spirituel, il vous faut d'abord vous abandonner au Gourou car s'abandonner à lui c'est être progressivement en résonnance avec ce avec quoi il est lui-même en résonnance, et transcender par conséquent son individualité.

❑

The spiritual Master may be free, or liberated, in one sense, but that liberation only means that the Laws that such a person is subject to have less tolerance for error. Every domain of existence has its Laws, and the lower the domain the more leeway for error there is in the lawfulness. The higher you go the less Laws, but the less give and take there is. So, even though the Teacher is free in one sense, in another sense he is more bound than the student is because there's less tolerance in the Laws that govern the Teacher's activity than in the Laws that govern the student's activity.

■

Der spirituelle Meister mag in gewissem Sinn frei oder befreit sein, aber diese Befreiung bedeutet nur, daß die Gesetze, unter denen eine solche Person steht, weniger Irrtümer dulden. Jeder Bereich der Existenz hat seine Gesetze, und je niedriger der Bereich ist, desto mehr Spielraum hat die Gesetzmäßigkeit für Irrtümer. Je höher du kommst, desto weniger Gesetze gibt es, aber auch umso weniger Geben und Nehmen. Also, selbst wenn der Lehrer in gewissem Sinn frei ist, ist er auf der anderen Seite stärker gebunden als der Schüler, weil es bei den Gesetzen, unter denen die Handlungen des Lehrers stehen, weniger Toleranz gibt als bei denen des Schülers.

■

En un sens le Maitre spirituel peut être libre ou libéré mais cette libération signifie uniquement que les Lois auxquelles il est soumis ont moins de tolérance pour l'erreur. Chaque domaine d'existence possède ses propres Lois et plus le domaine est bas plus l'application de ses Lois bénéficie d'une certaine marge d'erreur. Plus vous montez, moins il y a de Lois mais aussi plus la marge est étroite. Bien qu'en un sens le Maitre soit libre, il est donc en fait plus lié que l'élève car il y a moins de tolérance dans les Lois qui gouvernent son activité que dans les Lois qui gouvernent l'activité de l'élève.

❑

People assume they are doing spiritual *sadhana* when they aren't. To embody what you aspire to requires tremendous effort and practice. It's not like a little prayer now and then and grace gets showered on you . . . In my opinion it is necessary to have a Teacher . . . And real Teachers aren't around every corner. But maybe you'll get lucky if your intention is singular and clear enough.

▪

Menschen nehmen an, daß sie spirituelle Sadhana tun, wenn sie es nicht tun. Um zu verkörpern, was du erstrebst, erfordert es ungeheure Anstrengung und Practice. Es ist nicht wie ein kleines Gebet hier und da und die Gnade regnet auf euch herab . . . Meiner Meinung nach ist es nötig, einen Lehrer zu haben . . . Wirkliche Lehrer gibt es nicht an jeder Straßenecke, aber vielleicht habt ihr Glück, wenn eure Absicht einzigartig und klar ist.

▪

Les gens croient avoir une sadhana *spirituelle même quand ils n'en ont aucune. Incarner ce à quoi vous aspirez exige un effort et une pratique immenses. La grâce ne va pas se déverser sur vous simplement parce que vous faites une petite prière par-ci par-là . . . Pour moi, il est necessaire d'avoir un maître . . . Et on ne rencontre pas de maîtres authentiques à tous les coins de rue. Mais si votre intention est suffisamment unique et suffisamment claire, peut-être aurez-vous de la chance.*

❑

When it comes down to the bottom line, this work is about which is stronger: love or neurosis. Will we maintain our relationship with God long enough for neurosis to transcend itself in love? That's all there is: either all love or all neurosis.

▪

Auf der tiefsten Ebene geht es in dieser Arbeit darum, was stärker ist: die Liebe oder die Neurose. Werden wir unsere Beziehung zu Gott lange genug aufrechterhalten können, daß die Neurose sich in Liebe verwandelt? Es gibt nur das: entweder ist alles Liebe oder alles Neurose.

▪

Si on regarde au coeur des choses, ce travail s'intéresse à ce qui est le plus fort, de l'amour ou de la névrose. Maintiendrons-nous notre relation avec Dieu suffisamment longtemps pour que la névrose se transcende en amour? C'est tout ce qu'il y a: tout amour ou toute névrose.

❑

The Guru serves as a tangent point between divine reality and ordinary reality, the one in which we live, suffer, hope, struggle. In the absence of this tangent point, these two realities do not meet. They co-exist and function in parallels to each other. In fact, they are undissociable, yet they couldn't consciously meet without the tangent that the Guru is.

▪

Der Guru dient als Berührungspunkt zwischen göttlicher Realität und der gewöhnlichen Realität, in der wir leben, leiden, hoffen, uns abmühen. Wenn dieser Berührungspunkt nicht da ist, können sich die beiden Realitäten nicht treffen. Sie koexistieren und funktionieren parallel zueinander. In Wirklichkeit sind sie untrennbar; und doch könnten sie sich nicht bewußt ohne diese Tangente, die der Guru darstellt, treffen.

▪

Le Gourou sert de point de tangente entre la réalité divine et la réalité ordinaire, celle dans laquelle nous vivons, souffrons, espérons, luttons. En l'absence de ce point de tangente, ces deux réalités ne se rencontrent pas. Elles co-existent et fonctionnent en parrallèle l'une avec l'autre, elles sont en fait indissociables. Et pourtant elles ne pourraient pas se rencontrer consciemment sans la tangente qu'est le Gourou.

❑

Your obligation is to work in every moment as if it were the last moment you have.

▪

Deine Verpflichtung ist es, so zu arbeiten, al ob jeder Moment der letzte Moment wäre, den du hast.

▪

Votre obligation est de travailler à chaque instant comme si c'était votre dernier.

❑

There is no moral or ethical consideration about sin that is ultimately of value or truth. To sin is to deny God. To sin is to "miss the mark" or to fail to "mark" the words, the wishes, the plan, the movement, the Will, the instruction, the intention, the desire of God. This is, after all, a personal affair. We are "created in the image of God" and therefore God appears to us in that very form as the spiritual Master. The human God is a Human form. To not "mark His words" is to sin. No wonder the world is so "sinful" a domain, as who does mark the word of the spiritual Master? Who is Obedient? Who is surrendered? Who is Free?

■

Es gibt keine moralische oder ethische Erwägung von Sünde, die im Endeffekt von Wert ist oder der Wahrheit entspricht. Zu sündigen bedeutet, Gott zu verleugnen. Zu sündigen bedeutet, "das Ziel zu verfehlen" oder nicht "zu hören" auf die Worte, die Wünsche, den Plan, die Bewegung, den Willen, die Anweisung, die Absicht, das Verlangen Gottes. Dieses ist im Grunde eine persönliche Angelegenheit. Wir wurden "geschaffen nach dem Angesicht Gottes", also erscheint uns Gott in dieser Gestalt als der spirituelle Meister. Der menschliche Gott ist eine Menschlicher Gestalt. Auf "Seine Worte nicht hören", ist zu sündigen. Kein Wunder, daß die Welt ein so "sündiger" Platz ist, wer hört schon auf die Worte des spirituellen Meisters? Wer ist Gehorsam? Wer ist unterworfen? Wer ist Frei?

■

Il n'existe aucune considération morale ou éthique sur la notion de péché qui soit essentiellement d'une quelconque valeur, qui présente une quelconque vérité. Pécher, c'est nier Dieu. Pécher, c'est ne pas être "en alignement" avec la vérité ou ne pas parvenir à prendre conscience de l'autorité de la parole, des souhaits, du plan, du mouvement, de la Volonté, de l'instruction, de l'intention, du désir de Dieu. Après tout, c'est là une affaire personnelle. Nous sommes "créés à l'image de Dieu", et Dieu nous apparaît donc justement sous cette forme en tant que Maître spirituel. Le Dieu humain est une forme Humaine. Ne pas prendre conscience de l'importance de ce qu'Il dit, c'est pécher. Il n'est pas étonnant que le monde soit un tel domaine de "perdition", car qui donc est conscient de l'autorité de ce que dit le Maître spirituel? Qui est obéissant? Qui est abandonné à Dieu? Qui est Libre?

❏

Rhetorically, of course, non-dualistically, we are all God - men, women, all of creation. Rhetoric is all well and good, but what about the organic reality that moves us? What about twenty-five, fifty years worth of ego? You can't shrug it all off. You've got a lifetime worth of denial and unconscious strategies that have literally formed your body, mind, health - all your reactions and beliefs. You can't just say, "Yes, we're all God," and expect to be healed. It would be nice, delightful, but it doesn't work that way. We've got to root out unconscious motivations and transcend them in clarity and the disintegration of life-negative habits. Too bad, because it's a lifetime operation.

■

Rhetorisch und nicht-dualistisch gesehen sind wir natürlich alle Gott - Männer, Frauen, die ganze Schöpfung. Rhetorik ist gut und schön, aber wie ist es mit der organischen Realität, die uns lebt und bewegt? Wie steht es mit den fünfundzwanzig, mit den fünfzig Jahren Ego? Das läßt sich nicht mit einem Achselzucken abtun. Ihr habt ein Leben voller Verleugnung und unbewußter Strategien hinter euch, das buchstäblich euren Körper, euren Geist, eure Gesundheit geformt hat - alle eure Reaktionen und Ideen. Ihr könnt nicht einfach sagen: "Ja, wir sind alle Gott!" und erwarten, geheilt zu sein. Es wäre natürlich schön, wunderbar, aber leider funktioniert es nicht so. Wir müssen die unbewußten Motivationen mit der Wurzel ausreißen und in Klarheit und der Auflösung von lebenszerstörenden Gewohnheiten über sie hinauswachsen. Nur zu schade, daß es sich dabei um einen lebenslangen Prozeß handelt.

■

Du point de vue de la rhétorique, du point de vue de la non-dualité, bien sûr nous sommes tous Dieu - hommes, femmes, toute la création. La rhétorique est bien belle, mais qu'en est-il de la réalité organique qui nous meut? Qu'en est-il de cet égo vieux de vingt-cinq ans, cinquante ans? Vous ne pouvez pas tout simplement prétendre qu'il n'est pas là. Vous avez derrière vous une vie entière de dénégations et de stratégies inconscientes qui ont littéralement formé votre corps, votre santé, toutes vos réactions et toutes vos croyances. Vous ne pouvez pas dire tout simplement: "Oui, nous sommes tous Dieu" et espérer être guéris. Çà serait bien, çà serait merveilleux, mais ce n'est pas comme çà que çà marche. Il nous faut arracher à la racine nos motivations inconscientes et les transcender par notre clarté et la désintégration de nos habitudes morbides. Dommage, car c'est là une opération qui demande toute une vie.

❑

Do you think all this cosmic stuff I'm considering with you is to make you more than human or something? Do you think you're human yet? Do you think you walk around jealous, petulant, vindictive, angry, and you are human?

No way, fools. What do you think becoming Divine is? Becoming Divine is being truly human, not floating off in some day-glo rainbow cloud in Heaven.

When we talk about realizing the ultimate Truth, all the things you "should do" are not meant to take away your humanity in some way. All of your "stuff" is not your humanness. It's a little bit of Mommy, Daddy, Aunt Mary, Uncle John, your dog, the back of the cereal box. The things you think are your humanity are not your humanity. They are simply your conditioning. You are caring and loving randomly, and that only rarely. You still hurt one another, insult one another, and batter one another. My entire service to you is an offering of true humanity, not mystical ascension, although that certainly (and incidentally) will be a part of your maturity.

I think it's safe to say you all have the potential to be human. You've all got the equipment. You don't need another ear or another eye or a new mind.

Schools that appear to be more human than this one, doing a lot of kissing, touching, hugging, back/ma-rolling, "free" dance, getting together for gestalt sessions, appear more gentle, more loving, yet they are supporting superficiality because they don't deal with the depth of people's true selves. After you've had a good massage, you are never going to think of anything real. You get high, deep and so on, but things that need to be dealt with simply aren't. You get mellow and stay asleep.

A student needs to be real at a primal level. It's a passionately raw way. It is the only humanitarian way of being because if we make it through this process in one piece, we will be Real human beings.

■

▪

Glaubt ihr denn im Ernst, daß dieser ganze kosmische Kram, den ich mit euch erwäge, mehr aus euch macht als Menschen? Glaubt ihr denn, ihr seid schon Menschen? Meint ihr, wenn ihr eifersüchtig, querulant, rachsüchtig, wütend herumlauft, daß ihr dabei menschlich seid?

Keineswegs, ihr Narren. Was meint ihr, was es heißt, Göttlich zu werden? Göttlich zu werden, heißt, wirklich Mensch zu sein und nicht auf irgendeiner leuchtfarbenen Regenwolke im Himmel dahinzuschweben.

Wenn wir davon reden, die absolute Wahrheit zu erkennen, sind die ganzen Sachen, die ihr "machen solltet", nicht dazu gedacht, euch eure Menschlichkeit wegzunehmen. All euer "Zeug" ist nicht eure Menschlichkeit. Es ist ein wenig von Mami, Papi, Tante Marie, Onkel Hans, eurem Hund und dem, was auf der Rückseite der Müslipackung steht. Die Sachen, die ihr als eure Menschlichkeit betrachtet, sind nicht eure Menschlichkeit. Das sind lediglich eure Konditionierungen. Ihr seid liebevoll und fürsorglich aufs Geratewohl und das auch nur ab und zu. Ihr verletzt einander, beleidigt euch und mißhandelt einander immer noch. Mein gesamter Dienst an euch besteht darin, echte Menschlichkeit anzubieten, keine mystische Himmelfahrt, obwohl das gewiß (und zufällig) ein Teil eurer Reife sein wird.

Ich glaube, daß man mit relativer Sicherheit behaupten kann, daß ihr alle das Potential habt, menschlich zu sein. Ihr habt alle das Zeug dazu. Ihr braucht nicht noch ein Ohr mehr oder ein weiteres Auge oder einen neuen Verstand.

Spirituelle Schulen, die menschlicher wirken als diese hier, in denen viel geküßt wird, berührt, umarmt, sich herumgewälzt, "frei" getanzt wird, in denen man sich trifft für Gestaltsitzungen - solche Schulen erscheinen sanfter, liebevoller, dennoch unterstützen sie Oberflächlichkeit, weil sie nicht mit der Tiefe des wahren Selbst eines Menschen arbeiten. Nachdem du eine gute Massage hattest, wirst du niemals an irgendetwas Reales denken. Ihr habt Hochs und Tiefs und all das, aber Dinge, an denen man wirklich arbeiten sollte, bleiben unberührt. Man wird besänftigt und schläft weiter.

Ein spiritueller Schüler muß auf einer primären Ebene real sein. Es ist ein leidenschaftlich roher Weg. Es ist die einzige humanitäre Art zu sein, denn wenn wir diesen Prozeß in einem Stück hinter uns bringen, werden wir Wahre Menschen sein.

▪

■

Pensez-vous que tout ce "machin" cosmique que je considère avec vous est là afin de vous rendre plus qu'humains ou quelque chose de ce genre? Pensez-vous que vous êtes déjà humains? Pensez-vous que vous vous baladez jaloux, irascibles, vindicatifs, pleins de colère, et que vous êtes humains? Fous, jamais de la vie. Que pensez-vous que signi-fie devenir Divin? Devenir Divin, c'est être vraiment humain, ce n'est pas flotter dans des nuages de Paradis aux arcs-en-ciel fluorescents.

Lorsque nous parlons de réaliser la Vérité ultime, toutes les choses que vous "devez" faire ne sont pas là pour vous débarrasser en quelque sorte de votre humanité. Tous vos "trucs" ne sont pas votre humanité. Ce sont un peu de maman, un peu de papa, tante Marie, oncle Jean, le chien, le dos de la boite de céréales. Les choses que vous pensez être votre humanité ne sont pas votre humanité. Elles ne sont que votre conditionnement. Vous aimez les autres et à l'occasion vous vous intéressez à eux, et cela seulement rarement. Vous continuez à vous faire mal les uns les autres, à vous insulter, à vous battre. Le service que je vous rends est seulement de vous offrir non pas une ascension mystique - même si celle-ci fait un jour certainement (et incidemment) partie de votre maturité - mais une réelle humanité.

Je pense que l'on peut dire sans crainte que vous avez tous le poten-tiel nécessaire pour être humains. Vous possédez tous l'équipement. Vous n'avez pas besoin d'une autre oreille ou d'un autre oeil ou d'un nouvel esprit.

Les écoles qui paraissent plus humaines que celle-ci, où les gens se font des bisous, se caressent, se prennent dans les bras, se massent le dos, se réunissent pour des séances de gestalt et de danse "libre", semblent être plus douces, plus aimantes, mais elles encouragent la superficialité car elles ne s'occupent pas de la profondeur de l'être véritable des gens. Après un bon massage, vous n'allez jamais vous mettre à penser à quelque chose de réel. Vous vous sentez en pleine forme, centrés etc, mais les choses qui doivent être confrontées ne le sont tout simplement pas. Vous vous sentez tranquilles et restez endormis.

Un étudiant doit être réel à un niveau primal. C'est une voie passion-nément brute. C'est la seule façon humanitaire d'être car si nous arrivons entiers de l'autre côté de ce processus, nous serons de Réels êtres humains.

❑

QUESTION: What is the core of real spiritual Work?

LEE LOZOWICK: To lose any form of self-reference. You can continue to do what you are doing (be a teacher or a nurse for example), but let God work through you without any self-reference. But that's exactly what people are terribly afraid of. They believe that they will stop to exist if they give up self-reference. But exactly the opposite is true.

QUESTION: What is the requirement for real spiritual Work?

LEE LOZOWICK: What one would call maturity in an adult human being. You simply have to be able to be grounded in life, to be able to handle the simple things in life, and human relationship is one of them. And to feel comfortable with it. One should have a direct and honest relationship to things that are self-evident in this world.

▪

Frage: Was ist der Kern echter spiritueller Arbeit?

LEE LOZOWICK: Jede Form von Selbstbezogenheit verlieren. Du kannst das, was du tust, weiterhin tun (z.B. ein Lehrer oder eine Krankenschwester sein), aber laß Gott durch dich wirken ohne jeden Selbstbezug. Aber genau davor haben die Menschen große Angst. Sie glauben, sie hören auf zu existieren, wenn sie jeden Selbstbezug aufgeben. Aber genau das Gegenteil davon ist wahr.

Frage: Was ist die Voraussetzung für echte spirituelle Arbeit?

LEE LOZOWICK: Das, was man bei einem erwachsenen Menschen Reife nennt. Du mußt ganz einfach fähig sein, fest im Leben zu stehen, mit den einfachen Dingen des Lebens umzugehen, dazu gehört auch die Beziehung zu anderen Menschen. Und sich damit wohlfühlen. Du solltest eine unmittelbare und ehrliche Beziehung zu Dingen haben, die selbstverständlich sind in dieser Welt.

▪

QUESTION: Quel est le coeur d'un Travail spirituel réel?

LEE LOZOWICK: C'est de perdre toute forme de référence-à-soi. Vous pouvez continuer de faire de que vous faites (professeur, infirmière, etc.), mais laissez Dieu travailler à travers vous sans aucune référence à vous. Seulement c'est précisément cela qui effraie terriblement les gens. Ils croient que s'ils laissent tomber la référence-à-soi, ils vont cesser d'exister. Alors que c'est précisément le contraire qui se produit.

QUESTION: Quelles sont les conditions nécessaires pour engager un réel Travail spirituel?

LEE LOZOWICK: Ce qu'on appellerait maturité chez un être humain adulte. Vous devez simplement être capables d'être enracinés dans la vie, de vous occuper des choses simples de la vie, dont les relations humains font partie. Et d'être à l'aise avec çà. Il est necessaire d'avoir une relation directe et honnête avec les choses de ce monde qui sont clairement evidentes.

❑

You go ahead until you can't go ahead anymore and then you stop and you consider why you can't go ahead anymore and then you go ahead again one way or another, whether it's a complete change of direction or even back in the direction you came or somewhere else. And there's no confusion involved in that. It's very simple. You just go ahead. And you go ahead irregardless of what arises.

▪

Du gehst vorwärts, bis es nicht mehr weitergeht, dann hälst du an und überlegst, warum es nicht mehr weitergeht, und dann gehst du weiter auf die eine oder andere Weise, ob es sich nun um eine völlige Richtungsänderung handelt oder ob du sogar zurückgehst in die Richtung, aus der du kamst oder irgendwo anders hin. Und darin liegt nichts Verwirrendes. Es ist ganz einfach. Du gehst nur einfach weiter. Und du gehst weiter, ganz gleich was auftaucht.

▪

Vous avancez jusqu'à ce que vous ne puissiez plus avancez et puis vous vous arrêtez et vous considérez la raison pour laquelle vous ne pouvez plus avancer et de nouveau vous avancez, soit dans un sens soit dans un autre, en changeant complètement de direction ou même en repartant dans la direction d'où vous venez ou ailleurs. Et il ne doit pas y avoir de confusion là-dedans. C'est très simple. Vous avancez. Et vous avancez sans être arrêtés par ce qui surgit.

❑

There are no degrees of Realization. There is God (the Embodiment of Divine reality as the Great Process of Divine Evolution) and there is suffering (the lack of Divine Sympathy due to the illusion of being a separate or isolated entity.) The spiritual Master exists as the absolute condition of both. He is the ultimate Reality and the ultimate Illusion. Those who refuse to see, those who insist on keeping the search for what is already presently true, endure the pain, the suffering. Those who are only interested in God, no matter what this means, get That. There are no degrees, no almosts. There is no being close; just one or the other.

Which of the two you choose is up to you. The spiritual Master has nothing to do with it, for he only exists as your possibility and your Help, but not as your confidence in choosing, nor as the impetus to follow the choice. Blame Him if you want, and live until you die. Become Him, and "die daily" before you die. Just This.

▪

▪

Es gibt keine verschiedenen Ebenen der Realisation. Es gibt Gott (die Verkörperung der göttlichen Realität als der Große Prozeß der göttlichen Evolution) und es gibt das Leiden (den Mangel an göttlicher Sympathie auf Grund der Illusion, man sei ein separates und isoliertes Wesen). Der spirituelle Meister existiert als absolute Beschaffenheit von beidem. Er ist die absolute Realität und die absolute Illusion. Diejenigen, die sich dieser Einsicht widersetzen, diejenigen, die darauf bestehen, nach dem weiter zu suchen, was bereits gegenwärtig und wahr ist, setzen sich dem Leiden und dem Schmerz aus. Diejenigen, die nur an Gott interessiert sind, ganz gleich, was es bedeutet, bekommen DAS. Es gibt keine Abstufungen, keine "Fasts". Es gibt kein "Fast dran" sein; nur das Eine oder das Andere.

Welches von den Beiden du dir aussuchst, hängt von dir ab. Der spirituelle Meister hat nichts damit zu tun, denn er existiert nur als deine Möglichkeit und deine Hilfe, nicht aber als dein Vertrauen in die Wahl oder als Antrieb, deinem Entschluß zu folgen. Beschuldige Ihn, wenn du möchtest und lebe, bis du stirbst. Werde zu Ihm und "sterbe täglich", bevor du stirbst. Nur DAS.

▪

Il n'y a pas de degrés de Réalisation. Il y a Dieu (l'Incarnation de la Réalité Divine en tant que Grand Processus d'Evolution) et il y a la souffrance (le manque de sympathie Divine dûe à l'illusion d'être une entité séparée ou isolée). Le Maître spirituel existe en tant que condition absolue des deux. Il est la Réalité ultime et l'Illusion ultime. Ceux qui refusent de voir, ceux qui insistent pour continuer à rechercher ce qui est déjà présentement le cas subissent la douleur, la souffrance. Ceux que ne s'intéressent qu'à Dieu, quel que soit ce que cela signifie, obtiennent Cela. Il n'y a pas de degrés, pas de presque. On ne peut se rapprocher. C'est soi l'un soit l'autre.

Lequel des deux vous choisissez est votre affaire. Le Maître spirituel n'a rien à y voir, car il n'existe que comme votre possibilité et votre Aide, et non pas comme la confiance avec laquelle vous choisissez ou comme la force d'impulsion avec laquelle vous suivez ce choix. Condamnez-Le si vous voulez et vivez jusqu'à votre mort. Devenez Lui, et ``mourez chaque jour'' avant de mourir. Juste Ceci.

❑

A Teacher wants a student who can stand in their practice, not merely follow his words like a child wishing to "do good." A student must know what is objective action and follow that knowledge. Of course no Teacher would ever ask a student to do otherwise, but that kind of trust comes with often long and often hard experience.

▪

Der Lehrer erwartet von seinem Schüler, daß er in seiner. Practice steht und nicht nur seinen Worten folgt wie ein Kind, das alles "richtig machen" will. Ein Schüler muß wissen, was objektives Handeln ist und diesem Wissen folgen. Natürlich würde kein Lehrer jemals einen Schüler bitten, etwas anderes zu machen, aber diese Art des Vertrauens entsteht oft nur durch lange und harte Erfahrung.

▪

Un Maître veut un disciple qui puisse se tenir debout dans sa pratique et non pas uniquement suivre ce qu'il dit comme un enfant désireux de "bien faire". Un disciple doit savoir ce qu'est une action objective et suivre ce savoir. Il est évident que jamais un Maître ne demanderait à un élève d'agir autrement, mais cette sorte de confiance est le fruit d'une expérience souvent longue et souvent difficile.

❑

Students must be like skilled carpenters. What usually happens, however, is that the teacher gives nails, hammer, saw . . . and then the students ask: "Can you build me a wall, Oh Great Holy Man?" No! The students have been give the tools, now they must do the building.

▪

Schüler müssen wie geschickte Tischler sein. Was jedoch normalerweise passiert, ist, daß der Lehrer ihnen Nägel, Hammer, Säge gibt . . . und dann fragen die Schüler: "Kannst du mir eine Mauer bauen, oh großer Heiliger Mann?" Nein! Den Schülern sind Werkzeuge gegeben worden, nun müssen sie selbst bauen.

▪

Les disciples doivent être comme de fins menuisiers. Mais ce qui se passe généralement, c'est que le maître donne les clous, le marteau, la scie . . . et puis l'élève demande: " Pouvez-vous me bâtir un mur, oh grand saint homme ?" Non ! Les disciples ont reçu les outils, ils doivent maintenant bâtir la maison.

❑

Many students find good Teachers. And in the Teacher's company they do rigorous *sadhana.* But then too they may waste years doing their own *sadhana*, not the actual *sadhana* the Teacher has given them.

▪

Viele Schüler finden gute Lehrer. Und in der Gesellschaft des Lehrers machen sie strikte Sadhana. Aber es kann dann auch sein, daß sie viele Jahre damit verschwenden, ihre eigene Sadhana zu machen, nicht die tatsächliche Sadhana, die der Lehrer ihnen gegeben hat.

▪

Beaucoup de disciples trouvent de bons Maîtres. Et dans la compagnie du Maître ils font une sadhana *rigoureuse. Seulement ce qui peut aussi arriver c'est qu'ils perdent des années à faire leur propre* sadhana *et non pas la* sadhana *que le Maître leur a donnée.*

❑

A primary principle of the Work relationship between Teacher and student is a reciprocity, meaning that the Teacher is not free of the student's work or the student's *sadhana*, and the degree to which the student suffers unnecessarily is the degree to which the teacher needs to work in response to that suffering. So the teacher cannot divorce himself or separate himself from the student's *sadhana* and the student cannot separate himself from the teacher.

▪

Ein wesentliches Prinzip der Arbeitsbeziehung zwischen Lehrer und Schüler ist die Gegenseitigkeit, im Sinne daß der Lehrer nicht von der Work des Schülers oder dessen Sadhana unabhängig ist und daß der Grad, in dem der Schüler unnötigerweise leidet, dem Grad entspricht, in dem der Lehrer in Erwiderung zu diesem Leiden arbeiten muß. Also kann sich der Lehrer nicht von der Sadhana des Schülers trennen oder absondern und der Schüler kann sich nicht vom Lehrer absondern.

▪

Un des premiers principes de la relation de Travail entre maître et disciple est le principe de réciprocité, à savoir que le maître est lié au travail ou à la sadhana *de l'élève et que plus l'élève souffre inutilement, plus le maître doit travailler en relation avec cette souffrance. Le maître ne peut donc pas se divorcer ou se séparer de la* sadhana *de l'élève, et l'élève ne peut pas se séparer du maître.*

❑

One basic idea to keep in mind is that we kind of ransom one another. The student ransoms the Teacher and the Teacher ransoms the student, and if either of them doesn't do their job it's not a pretty sight. Meaning, the student has been kidnapped by the sleeping world, so to whatever degree the Teacher doesn't do his job he can't "get you back" from the sleeping world. You're stuck there. The degree to which the student doesn't do his or her job is the degree to which the Teacher is limited serving very minor aspects of practice instead of being free to serve the ultimate forms of practice.

▪

Ein grundlegender Gedanke, den man im Hinterkopf behalten sollte, ist der, daß wir uns in gewisser Weise gegenseitig freikaufen. Der Schüler kauft den Lehrer aus und der Lehrer den Schüler, und wenn einer seinen Job nicht erfüllt, ist das nicht schön anzusehen. Das bedeutet, wenn der Schüler von der schlafenden Welt gekidnappt worden ist, und der Lehrer, zu welchem Maße auch immer, seine Arbeit nicht tut - daß er dich nicht von der schlafenden Welt "zurückbekommen" kann. Du steckst dort fest. Der Grad, in dem der Schüler seinen oder ihren Job nicht erfüllt, entspricht dem Grad, in dem der Lehrer eingeschränkt ist, sehr viel geringeren Aspekten der Practice zu dienen, statt frei zu sein, den letztlichen Formen der Practice zu dienen.

▪

Nous devons nous souvenir d'une idée fondamentale: maître et disciple se rançonnent l'un l'autre. L'élève rançonne le maître et le maître rançonne l'élève, et si l'un d'eux ne fait pas son travail, le résultat n'est pas beau à voir. Je veux dire par là que l'élève a été kidnappé par le monde du sommeil et que si le maître ne fait pas son travail, il ne peut pas l'en sortir de là. L'élève est alors prisonnier. Et si l'élève ne fait pas son travail, le maître en est réduit à servir des aspects mineurs de la pratique au lieu d'être libre d'en servir les formes ultimes.

❑

When students work with a Teacher who on occasion turns them back on themselves to find the answers to questions, they do not get turned back on their own egos; it's like they get turned back on that which is in communion with the Master already anyway. It's really only a problem because we question the depth of our own bonding or we question the depth of our own surrender. A lot of times people say, "Oh, I'm not surrendered. I'll never be surrendered," when actually, to a very great degree, the Master's Influence is coursing through our veins, to use a poetic metaphor.

■

Wenn Schüler mit einem Lehrer arbeiten, der sie gelegentlich auf sie selbst zurückweist, um die Antworten auf Fragen zu finden, werden sie nicht auf ihr eigenes Ego zurückgewiesen: Es ist eher so, daß sie auf das zurückgewiesen werden, was sowieso schon mit dem Meister verbunden war. Es ist wirklich nur deshalb ein Problem, weil wir die Tiefe unserer eigenen Verbundenheit (bonding) oder das Ausmaß unserer eigenen Aufgabe (surrender) in Frage stellen. Oft sagen Leute: "Oh, ich habe mich nicht hingegeben (surrender). Ich werde nie hingegeben sein", obwohl der Einfluß des Meisters in Wirklichkeit durch unsere Adern strömt, um eine poetische Metapher zu gebrauchen.

■

Quand des disciples travaillent avec un maître qui les renvoient parfois sur eux-mêmes afin qu'ils y trouvent les réponses à leurs questions, ils ne sont pas renvoyés sur leur propre égo mais sur cela qui, en eux, est déjà de toute façon en communion avec le Maître. Ce n'est un problème vraiment que parce que nous doutons de la profondeur de notre lien avec le Maître ou parce que nous nous demandons si nous nous sommes vraiment abandonnés à lui. Les gens disent souvent: "Oh, je ne me suis pas abandonné à lui, je ne pourrai jamais m'abandonner à lui", alors qu'en définitive - et je vais utiliser une métaphore poétique - l'Influence du Maître est déjà dans une très large mesure en train de circuler dans nos veines.

❑

Recognizing your spiritual Master does not mean you have a lot of potential; there are lots of spiritual dilettantes. Superficially it is very hard to tell who is a real Teacher anyway. Anyone can act and imitate a spiritual Teacher, so the student has to look deeper. It's up to you to go deeper. What you'll always find is one who is kind, generous with his or her time and resources, who is soft and heartful and displays a full range of emotional expression. If he is a man and he can't cry, he is not a real Master. But, paradoxically, a real Teacher will surely work in a way to be misunderstood and generate animosity if that will serve his students.

▪

Deinen spirituellen Meister zu erkennen, bedeutet nicht, daß du auch ein großes Potential hast: Es gibt viele spirituelle Dilettanten. Oberflächlich gesehen ist es ziemlich schwierig, einen wirklichen Meister zu erkennen. Jeder kann schauspielern und einen spirituellen Meister imitieren, deshalb muß der Schüler tiefer schauen. Es liegt an dir, tiefer zu schauen. Was du immer finden wirst, ist einen, der freundlich und großzügig ist mit seiner oder ihrer Zeit und den Mitteln, einen, der sanft und herzlich ist und Reichtum im emotionalen Ausdruck zeigt. Wenn es ein Mann ist und er nicht weinen kann, ist er kein wirklicher Meister. Aber paradoxerweise wird ein wirklicher Lehrer bestimmt so arbeiten, daß er mißverstanden wird und Feindseligkeit erzeugt, wenn es dem Schüler dienlich ist.

▪

Le fait que vous reconnaissiez votre Maitre spirituel ne signifie pas que vous possédez un fort potentiel: les dilettantes spirituels sont légions. De toute façon, si on en reste à un niveau superficiel, il est très difficile de dire qui est un Maitre authentique. Tout le monde peut imiter ou agir comme un Maître spirituel, et l'élève doit par conséquent regarder plus en profondeur. C'est à vous qu'il incombe d'aller plus profond. Ce que vous trouverez toujours, c'est quelqu'un de bon, généreux de son temps et de ses ressources, doux, au coeur ouvert et pouvant exprimer toute la gamme des émotions. Si c'est un homme et qu'il ne peut pas pleurer, ce n'est pas un vrai Maître. Mais paradoxale--ment, si cela peut être utile à ses élèves, un vrai Maître n'hesitera pas à travailler de manière à ne pas être compris et à engendrer de l'animosité a son egard.

❑

Who knows when the relationship with the Guru starts? Sometimes it begins after the physical meeting, often even before that meeting. All this happens in a subtle, non-linear domain. The Guru becomes aware of these invisible operations when certain effects make them obvious. A Guru doesn't consciously direct his Influence toward this person or that person. He just is, and, by itself, His Influence radiates in the universe and he is consciously drawn in various directions.

▪

Wer weiß, wann die Beziehung mit dem Guru beginnt? Manchmal beginnt sie nach dem physischen Treffen, oft jedoch vor diesem Treffen. Das passiert alles in einem subtilen, nicht-linearen Bereich. Der Guru wird sich dieser unsichtbaren Operationen bewußt, wenn sie durch bestimmte Auswirkungen offensichtlich werden. Ein Guru richtet seinen Einfluß nicht bewußt auf diese oder jene Person. Durch sein bloßes Sein breitet sich sein Einfluß im Universum aus, und er wird bewußt in verschiedene Richtungen gezogen.

▪

Qui sait quand commence la relation au Gourou ? Parfois elle commence une fois le Gourou rencontré physiquement, parfois même avant cette rencontre. Tout ceci a lieu sur un plan subtil, non-lineaire. Le Gourou prend conscience de ces opérations invisibles lorsque certains effets les rendent évidentes. Un Gourou ne dirige pas consciemment son Influence vers telle ou telle personne. Il est, *c'est tout, d'elle-même son Influence irradie l'univers, et il est consciemment attiré dans certaines directions.*

❑

Walk over the bones of breakdown till you reach breakthrough.

▪

Schreite über die Knochen deines Zusammenbruchs weiter, bis du den Durchbruch erreichst.

▪

Marchez sur le charnier de vos crises de dépression jusqu'à ce que vous parveniez à voir ce qu'elles sont réellement et à les dépasser.

❑

Death is not the doorway to subtle realms of high transformation and growth or higher consciousness, but is an effective end to all transformative possibility. The Mystical, the truly Miraculous, is here, and absolutely no where else. The doorway is now, not when the presumed obstacle of the body is out of the way. In fact most people have no idea how literal that description is. We have this illusion that we need to get the body "out of the way" so we can do "real work" or so we can be undisturbed and unhindered by the confusion of emotions and organic urges and desires. But such a circumstance is literally "out of the *Way*." The Way, that is the spiritual path, the Practice of Sadhana or of Awakening, the Work, is about using what the body makes accessible and possible in all its radiant glory, in all its profuse confusion, with all its three-centered mess, as the Gift of God, as the very - in fact the *only* - opportunity to advance along the Great Process of Divine Evolution. The body, as it is, inclusive of all its elements, levels, gross and subtle, chemical, energetic, and "spiritual," is entirely who we are. The body is the body of Work, the body of Practice. The body is the Way, and not the "way out" but the Way directly to the Heart and Soul of God.

■

Der Tod ist kein Eingang zu subtilen Ebenen der höheren Umwandlung und des höheren Wachstums oder eines höheren Bewußtseins, sondern ein wirksames Ende für alle transformativen Möglichkeiten. Das Mystische, das wahrhaft Wunderliche, ist hier und absolut nirgendwo sonst. Der Eingang ist jetzt und nicht, wenn das angebliche Hindernis des Körpers beseitigt wird. Tatsächlich haben die meisten Menschen keine Vorstellung davon, wie wörtlich diese Beschreibung zu nehmen ist. Unsere Illusion ist, daß wir den Körper "aus dem Weg" schaffen müssen, damit wir endlich "wirkliche Arbeit" tun können, oder daß wir dann ungestört und unbehindert von dem Durcheinander unserer Gefühle, von organischen Notwendigkeiten und Bedürfnissen sein können. Aber ein solcher Zustand wäre eher gesagt "abseits des Weges". Bei dem Weg, genauer gesagt dem spirituellen Weg, der Praxis des Sadhana oder des Erwachens, der Arbeit, geht es darum, das zu verwenden, was der Körper verfügbar und möglich macht in all seiner strahlenden Glorie, in all seiner üppigen Verwirrung, mit all seinem dreifach zentrierten Chaos, als Gabe Gottes, als die wirkliche - genauer gesagt die einzige Möglichkeit, in dem Großen Prozeß der Göttlichen Evolution voranzukommen. Der Körper, so wie er ist, einschließlich aller Komponenten, Ebenen, grob und subtil, chemisch, energetisch und "spirituell", ist ganz das, was wir sind. Der Körper ist der Körper der Arbeit, der Körper der Praxis. Der Körper ist der Weg, nicht "der Ausweg", sondern "der Weg" direkt zum Herzen und zur Seele Gottes.

■

■

La mort n'est pas la porte donnant sur les royaumes subtils d'une haute transformation, d'une conscience élevée, mais la fin dernière de toute possibilité transformatrice. La Mystique, le Miraculeux authen--tiques sont ici et absolument nulle part ailleurs. La porte est maintenant et non pas lorsque l'obstacle supposé du corps n'est plus "dans le chemin". En fait, la plupart des gens ne réalisent pas à quel point cette description est littérale. Nous avons cette illusion que le corps doit être "en-dehors du chemin" pour que nous puissions faire du "vrai travail" ou pour ne pas être dérangés ou entravés par la confusion des émotions et des pulsions et désirs organiques. Main une telle circonstance est littéralement "en-dehors du Chemin*". Le Chemin, le chemin spirituel, la Pratique de la Sadhana ou de l'Eveil, le Travail, consiste à utiliser ce que le corps rend accessible ou possible dans toute sa gloire éclatante, dans toute son abondante confusion, dans tout son désordre de trois-centres, comme étant le Don de Dieu, comme étant justement l'occasion - et en définitive la seule que nous ayons - de progresser en alignement avec le Grand Processus d'Evolution Divine. Le corps, tel qu'il est, avec tous ses éléments, tous ses niveaux grossiers et subtils, chimiques, énergétiques et "spirituels" est entièrement qui nous sommes. Le corps est le corps du Travail, le corps de la Pratique. Le corps est le Chemin. Non pas la "porte de sortie" mais le Chemin menant directement au Coeur et à l'Ame de Dieu.*

❑

There has not been an instant since the Community began that my intention has been anything other than for you to realize God. Everything we do is about God.

■

Seit Anbeginn unserer Gemeinschaft hat es keinen einzigen Moment gegeben, in dem meine Intention eine andere gewesen wäre, als euch Gott erkennen zu lassen. Alles, was wir tun, dreht sich um Gott.

■

Il ne s'est pas passé un seul instant depuis le début de la Communauté durant lequel mon intention fut autre que celle de vous voir réaliser Dieu. Tout ce que nous faisons est à propos de Dieu.

❑

Learn to work in the face of your own impatience, discomfort, and revulsion.

▪

Lerne zu praktizieren im Angesicht deiner Ungeduld, deines Unbehagens und deiner Abscheu.

▪

Apprenez à travailler en dépit de votre impatience, de votre inconfort, de votre répugnance.

❏

What makes somebody trustworthy is their ability to practice, no matter what.

▪

Was jemanden vertrauenswürdig macht, ist die Fähigkeit zu praktizieren, egal, was passiert.

▪

Ce qui fait qu'une personne est digne de confiance est le fait qu'elle puisse pratiquer quoiqu'il arrive.

❏

It's much easier to be a stoic hero than it is to submit life to the fire of the Divine Process.

▪

Es ist wesentlich einfacher, ein stoischer Held zu sein, als sein Leben dem Feuer des Göttlichen Prozesses zu überantworten.

▪

Il est bien plus facile d'être un héros stoïque que de soumettre sa vie au feu du Processus Divin.

❏

If you do something for love, do it for love. No questions, no answers, no complaints, no analyzing.

■

Wenn du etwas aus Liebe tust, tue es aus Liebe. Keine Fragen, keine Antworten, keine Beschwerden, kein Analysieren.

■

Si vous faites quelque chose par amour, faites-le par amour. Aucune question, aucune réponse, aucune complainte, aucune analyse.

❑

The only thing you should do about the pain of love is to love more.

■

Das Einzige, was du gegen den Schmerz der Liebe unternehmen solltest, ist, noch mehr zu lieben.

■

La seule chose que vous devriez faire lorsque vous souffrez d'amour est d'aimer encore plus fort.

❑

There are only two relationships you can have to God: either you provide toxins or you provide nutrition.

■

Es gibt nur zwei Möglichkeiten, mit Gott in Beziehung zu sein: entweder du lieferst Gift oder du lieferst Nahrung.

■

Vous ne pouvez avoir que deux relations possibles avec Dieu: soit vous Lui fournissez des toxines, soit vous Lui fournissez de la nourriture.

❑

At a certain level of maturity, reactivity is a luxury you can ill afford. Reactivity then becomes a sickness. You need to seriously consider that reactivity to anything that arises in this Work is a luxury. The more mature you become in this Work, the poorer you become. One would think you would become richer as you progress, but you don't. You become "poor in spirit," as the Man said.

▪

Ab einem bestimmten Grad von Reife ist Reaktivität Luxus, den du dir absolut nicht erlauben kannst. Die Reaktivität wird dann zur Krankheit. Du mußt dir ernsthaft vor Augen führen, daß Reaktivität, auf was immer in dieser Arbeit auftaucht, ein Luxus ist. Je reifer du wirst in dieser Arbeit, desto ärmer wirst du. Man sollte eigentlich annehmen, du würdest immer reicher im Laufe deines Fortschritts, aber das ist nicht der Fall. Du wirst "arm im Geiste", wie Jesus gesagt hat.

▪

A un certain stade de maturité, la réactivité emotionelle est un luxe que vous pouvez difficilement vous offrir. Cette réactivité devient alors une maladie. Il vous faut considérer sérieusement le fait que la réactivité émotionnelle à quoi que ce soit qui apparaît dans ce Travail est un luxe. Plus vous mûrissez dans ce Travail, plus vous devenez pauvres. On pourrait penser qu'en progressant vous deviendriez plus riches, mais ce n'est pas le cas. Vous devenez "pauvres en esprit", comme dit l'Homme.

❏

Never worry about how weak your practice is, just practice.

▪

Mache dir keine Sorgen darum, wie schwach deine Praxis ist, praktiziere einfach weiter.

▪

Ne vous tourmentez jamais parce que votre pratique est faible. Pratiquez, c'est tout.

❏

If you cannot surrender to a spiritual Master then you can surrender to your husband or wife or children. Many people fail to surrender to their partner and that is sad. But failure to surrender to one's children is tragic.

■

Wenn du dich nicht einem spirituellen Meister hingeben (surrender) kannst, dann kannst du dich an deinen Mann oder deine Frau oder deine Kinder hingeben. Viele Menschen schaffen es nicht, sich ihrem Partner hinzugeben, und das ist traurig. Aber es nicht zu schaffen, sich den eigenen Kindern hinzugeben, ist tragisch.

■

Si vous ne pouvez pas vous abandonner au Maître spirituel vous pouvez alors vous abandonner à votre mari ou à votre femme ou à vos enfants. Beaucoup ne peuvent pas s'abandonner à leur conjoint(e) et c'est triste. Mais il est tragique de ne pas pouvoir s'abandonner à ses enfants.

❑

People talk about surrender, surrender, surrender, and sacrifice, sacrifice, sacrifice, and can easily (and even fervently) say, "Yes, I want to sacrifice." But when sacrifice opens the door and says "Now!" the common response is, "Not now!"

■

Menschen reden über Hingabe (surrender), Hingabe, Hingabe und Opfer, Opfer, Opfer und können einfach (und auch leidenschaftlich) sagen: "Ja, ich möchte Opfer bringen!" Aber wenn das Opfer die Tür aufmacht und sagt: "Jetzt!" lautet gewöhnlich die Antwort: "Jetzt nicht!"

■

Les gens parlent d'abandon à Dieu, abandon, abandon, et de sacrifice, sacrifice, sacrifice, et ils peuvent dire sans peine (et même avec ferveur): " Oui, je veux me sacrifier !" Mais quand le sacrifice ouvre la porte et dit: "Maintenant!", il répondent généralement: " Non, non, pas maintenant!"

❑

Basically, you know whether you're distant from God or not by how you treat other people.

▪

Grundsätzlich erkennst du, wie nah oder wie fern du von Gott bist, daran, wie du andere Menschen behandelst.

▪

C'est simple: vous savez si vous êtes loin de Dieu ou non par la façon dont vous traitez les autres.

❏

". . . Devote your life to Enlightened Community, not Enlightenment . . . ."

To consider what is "Our" activity is to establish a holy and sacred environment in which people can find and can respond to "our" need and "our" demand. To consider that is to totally transcend the reasons for "my" problems to begin with.

The reason for "my" problems is that we really believe, on some primal level, that we are separate from God and . . . we see ourselves as isolated, independent events in the universe . . . .

If we realized that Community is the essential manifestation of the Great Process of Divine Evolution, and that selflessness establishes the height of ecstasy - *that you are happiest, genuinely happiest, when you have the least concern for your own personal isolation* . . . why would anyone not work toward making that a viable possibility?

My presence with you as individuals does not communicate itself nearly as profoundly as my Presence with you as Community.

▪

■

"... Widme dein Leben der Erleuchteten Gemeinschaft, nicht der Erleuchtung ..."

Darüber nachzudenken, was "unsere" Aktivität ist, heißt, eine heilige und gesegnete Umgebung zu schaffen, in der die Menschen "unsere" Bedürfnisse und "unsere" Forderungen finden und auf sie reagieren können. Dieses zu betrachten heißt in erster Linie, über die Gründe "meiner" Probleme hinauszugehen.

Der Grund für "meine" Probleme liegt auf einer primären Ebene in unserem tiefen Glauben, daß wir von Gott getrennt sind und ... wir uns als isolierte, voneinander unabhängige Ereignisse im Universum sehen...

Wenn wir erkennen könnten, daß die Gemeinschaft die grundlegende Manifestation des Großen Prozesses der Göttlichen Evolution ist und daß die Selbstlosigkeit den Gipfel der Extase begründet - daß du am glücklichsten, am wahrhaft glücklichsten bist, wenn du am wenigsten beschäftigt bist mit deiner eigenen persönlichen Isolation ... wer würde nicht dafür arbeiten, daß dieses eine machbare Möglichkeit wird?

Meine Anwesenheit mit euch als Individuen kommuniziert sich lange nicht so tiefgreifend wie meine Anwesenheit mit euch als Gemeinschaft.

■

"... Consacrez votre vie non pas à l'Illumination mais à une Communauté Illuminée ...."

Considérer "Notre" activité signifie établir un environnement béni et sacré dans lequel il est possible de trouver ce dont "nous" avons besoin et ce que "nous" exigeons et de répondre à ce besoin et à cette exigence. Considérer cela, c'est transcender les raisons de "mes" problèmes à l'origine.

La raison de "mes" problèmes est que nous croyons réellement, à un niveau primal, être séparés de Dieu (...) Nous nous voyons dans l'univers comme des évènements isolés et indépendants (...)

Si nous réalisions qu'une Communauté est la manifestation essentielle du Grand Processus d'Evolution Divine et que l'absence chez un individu de tout intérêt personnel détermine la profondeur de son extase - que vous êtes plus heureux, plus authentiquement heureux, lorsque vous vous préoccupez le moins de votre propre isolement personnel - *pourquoi quelqu'un voudrait-il ne pas travailler à faire de cela une possibilité viable?*

Ma présence parmi vous en tant qu'individus ne se communique pas, et de loin, aussi profondément que ma Présence parmi vous en tant que Communauté.

❑

We don't know what it would be like if men and women honored women as Woman, as Shakti, and honored men as who they are, essentially. I'd like to see a group of people where there is genuine recognition, without regard for the psychological mechanisms that prompt men to belittle women and women to respond through either fear or anger. Yes, I would.

▪

Wir wissen nicht, wie es wäre, wenn Männer und Frauen die Frauen als FRAU, als Shakti verehren würden und Männer als das respektieren, was sie in ihrer Essenz sind. Ich würde gern eine Gruppe von Menschen sehen, unter denen es aufrichtige Anerkennung gibt ohne Rücksicht auf die psychologischen Mechanismen, die Männer dazu verleiten, Frauen zu verniedlichen und wo die Frauen entweder mit Furcht oder Zorn darauf reagieren.

Ja, das möchte ich sehen.

▪

Nous ne savons pas à quoi cela ressemblerait si les hommes et les femmes honoraient dans les femmes la Femme, Shakti, et dans les hommes ce qu'ils sont essentiellement.

J'aimerais voir un groupe de gens capables de percevoir veritable--ment leur essence réciproque, sans égard pour les mécanismes psychologiques qui poussent les hommes à rabaisser les femmes et les femmes à répondre par la peur ou par la colère.

❑

For a man to be a real man he has to give up the need for control and the tendency towards harshness—no competition, no force. In that softness is ultimate power.

▪

Damit ein Mann ein wirklicher Mann ist, muß er das Bedürfnis nach Kontrolle und die Tendenz zu Härte aufgeben - keine Konkurrenz, keine Gewalt. In dieser Weichheit liegt die eigentliche Kraft.

▪

Pour être un vrai homme, un homme doit abandonner son besoin de contrôler et sa tendance à être dur - plus de compétition, plus de force. Le pouvoir ultime est dans cette douceur.

❑

Only the body knows what it is to be a Man or a Woman—the mind doesn't know and in fact cannot know. The mind can only think. It is the body that ***knows***.

■

Nur der Körper weiß, was es heißt, ein Mann oder eine Frau zu sein - der Verstand weiß es nicht und kann es in Wirklichkeit auch nicht wissen. Der Verstand kann nur denken. Es ist der Körper, der ***weiß***.

■

Seul le corps sait ce que signifie être un Homme ou une Femme - le mental ne le sait pas et ne peut en fait pas le savoir. Le mental ne peut que penser. C'est le corps qui **sait**.

❑

Woman needs to transform the energy of neediness, trained into her by centuries of prejudice, separating her from her own femininity, into that of allowing herself to be served by the universe and into serving without any hint of arrogance or aggression.

■

Für die Frau ist es nötig, daß sie die Energie der Bedürftigkeit, die ihr antrainiert wurde durch Jahrhunderte von Vorurteilen und die sie trennt von ihrer eigenen Weiblichkeit, so transformiert, daß sie sich erlaubt, vom Universum bedient zu werden und daß sie selbst ohne irgendeinen Anflug von Arroganz oder Aggression dient.

■

La femme doit transformer l'énergie de ce besoin désespéré d'attention qui lui a été inculqué par des siècles de préjugés et la sépare de sa féminité, en une énergie lui permettant d'être servie par l'univers et de servir sans aucune trace d'arrogance ou d'aggressivité.

❑

The Baul sexual practice is that couples consider each other the embodiments of the Divine. Man sees the woman as the Goddess and the woman sees the man as God. Sounds nice in theory but it is extremely hard to practice. Permeating it all must be surrender. If the practice is forced in any way, too "technical," full of "work" instead of passion, there will never be surrender.

■

Die sexuelle Practice des Baul sieht so aus, daß sich Paare gegenseitig als die Verkörperung des Göttlichen betrachten. Der Mann sieht die Frau als Göttin an und die Frau den Mann als Gott. In der Theorie klingt das gut, aber es ist extrem schwer zu praktizieren. Die Practice muß vollständig durchdrungen sein von Aufgabe (surrender). Wenn die Practice auf irgendeine Art und Weise gezwungen wird, zu "technisch" ausgerichtet ist oder voller "Arbeit" anstelle von Leidenschaft, wird es niemals Aufgabe (surrender) geben.

■

La pratique sexuelle du Baul est de considérer son conjoint ou sa conjointe comme étant l'incarnation du Divin. L'homme voit la femme en tant que Déesse et la femme voit l'homme en tant que Dieu. Cela sonne bien en théorie mais c'est extrêmement difficile à pratiquer. Une attitude d'abandon de soi doit imprégner toute la relation. Si la pratique est forcée d'une façon ou d'une autre, trop 'technique', trop centrée sur le 'travail sur soi' au lieu d'être pleine de passion, l'abandon de soi n'aura jamais lieu.

❏

The difference between a beginning student and a mature student is a matter of the mind becoming aligned with the heart. At first, the heart is quickly committed, touched by the Teacher and the Teaching, but the mind kicks and screams at every step. But in time the mind relaxes and synchronizes with the transformation process because the commitment of the heart allows the body to assert its knowledge.

■

■

Der Unterschied zwischen einem Schüler, der am Anfang steht, und einem reifen Schüler zeigt sich darin, inwieweit der Verstand auf das Herz ausgerichtet ist. Zuerst verpflichtet sich das Herz sehr schnell, denn es ist berührt vom Lehrer und der Lehre, aber der Verstand strampelt und schreit bei jedem Schritt. Aber mit der Zeit entspannt sich der Verstand und synchronisiert sich mit dem Transformationsprozeß, weil die Verpflichtung des Herzens dem Körper erlaubt, sein Wissen durchzusetzen.

■

La différence entre un étudiant débutant et un étudiant mûr est une question de mental s'étant aligné au coeur. Au début le coeur est vite engagé, touché par le Maitre et par l'Enseignement, mais le mental se débat continuellement et de toutes ses forces. Mais progressivement, parce que l'engagement du coeur donne au corps la liberté d'affirmer sa propre connaissance, le mental se détend et se synchronise avec le processus de transformation.

❑

The highest thing one can work for is not to save the earth, but preserve the Teaching. The earth is expendable; the truth is not.

■

Das Größte, für das ein Mensch arbeiten kann, ist nicht die Rettung der Erde, sondern die Lehre zu bewahren. Die Erde ist entbehrlich, die Wahrheit nicht.

■

La chose la plus haute pour laquelle nous puissions travailler n'est pas de sauver la terre mais de préserver l'Enseignement. La terre est remplaçable; la vérité ne l'est pas.

❑

Every real Teacher shows the student how to suffer in a real way. . . . Real suffering produces alchemical gold, ordinary suffering is just misery.

■

Jeder wirkliche Lehrer zeigt dem Schüler, auf richtige Weise zu leiden... Wirkliches Leiden produziert alchemistisches Gold, gewöhnliches Leiden ist einfach nur Qual.

■

Chaque vrai Maître montre à l'élève comment souffrir de façon vraie. Une vraie souffrance produit un or alchimique, une souffrance ordinaire n'est que misère.

❏

When we talk about sacrifice, it's not necessary to know what or whom to sacrifice to. It's simply to serve the highest possible ideal and sacrifice to that, whatever it is. The highest ideal mankind has is to serve God. And the object of all *sadhana* is to be perfect - not perfect with a limited concept of what perfect is (not a perfect yogi or a perfect experience or perfect knowledge), just perfect for whatever it is we serve.

■

Wenn wir über Opfer sprechen, ist es nicht notwendig zu wissen, was oder gegenüber wem wir etwas opfern. Es geht einfach darum, dem höchstmöglichen Ideal zu dienen und dem zu opfern, was es auch gerade ist. Das höchste Ideal der Menschheit ist Gott zu dienen. Und das Ziel aller Sadhana ist es, perfekt zu sein -nicht perfekt mit einer begrenzten Vorstellung von Perfektion (kein perfekter Yogi oder ein perfektes Erlebnis oder perfektes Wissen), sondern nur perfekt für das, dem wir dienen.

■

Quand on parle de sacrifice, il n'est pas nécessaire de savoir ce qui est sacrifié et à qui. C'est simplement de servir l'idéal le plus élevé possible et quel que soit cet idéal, de se sacrifier pour lui. L'idéal le plus élevé que possède l'humanité est de servir Dieu. Et l'objet de toute sadhana *est d'être parfait - non pas parfait avec une conception limitée de ce qu'est cette perfection (pas un yogui parfait ou une expérience parfaite ou une connaissance parfaite), mais simplement parfait pour quoi que ce soit que nous servons.*

❏

I often don't talk about specific practices to students in my community until after five or ten years of being involved. I'm much more interested in people developing a deep passion for their own work rather than being distracted with lots of the technical messages.

▪

Oft rede ich mit Schülern meiner Community nicht eher über spezielle Praktiken, bis sie fünf oder zehn Jahre dabei sind. Ich bin viel mehr daran interessiert, daß die Menschen eine tiefe Leidenschaft für ihre eigene Arbeit entwickeln, als daß sie durch viele technische Botschaften abgelenkt werden.

▪

Il m'arrive fréquemment de ne pas parler de pratiques spécifiques aux disciples de ma communauté avant qu'ils aient été dans l'Ecole pendant cinq ou dix ans. Je suis beaucoup plus intéressé à ce que les gens developpent une passion profonde pour leur travail que de les voir distraits par tout un tas de messages techniques.

❑

Addictions remain quite fully unmastered when our love for the addiction is stronger than our need and love of practice. It's very simple. When our love for practice is stronger than smoking or drinking, for example, we will have absolutely no trouble stopping. In fact, the addiction will often just fall away naturally.

▪

Abhängigkeiten bleiben fast völlig unbewältigt, wenn unsere Liebe zu unseren Süchten stärker ist als unsere Liebe zur Practice. Es ist sehr einfach. Wenn z.B. unsere Liebe zur Practice stärker ist als zum Rauchen oder zum Trinken, werden wir absolut keine Schwierigkeiten haben, damit aufzuhören. Es ist sogar so, daß die Süchte oft auf ganz natürliche Weise wegfallen.

▪

Nos dépendances resteront complètement hors de notre contrôle aussi longtemps que notre amour pour elles sera plus fort que notre besoin ou notre amour pour la pratique. C'est très simple. Lorsque notre amour pour la pratique devient plus fort que la cigarette ou la boisson par exemple, nous n'éprouvons absolument aucune difficulté à arrêter. En fait bien souvent la dépendance tombe tout simplement d'elle-même.

❑

When cigarettes are your god you will never be able to stop smoking. When God is your God instead of sex, vanity, etc., then you will no longer be dangled on a string like a puppet by whatever it is that ego is obsessed with. Then you can take it or leave it without stress or crisis.

■

Wenn Zigaretten dein Gott sind, wirst du nie in der Lage sein, mit dem Rauchen aufzuhören. Wenn Gott dein Gott ist anstelle von Sex, Eitelkeit usw., dann wirst du nicht länger wie eine Puppe an Fäden geführt durch das, wovon das Ego auch immer besessen sein mag. Dann kannst du es ohne Streß oder Krisen nehmen oder es lassen.

■

Quand la cigarette est votre dieu, vous ne pouvez jamais vous arrêter de fumer. Quand Dieu est votre Dieu, et non plus votre sexualité, votre vanité, etc, alors vous n'êtes plus comme une marionnette à fil manipulée par ce avec quoi l'égo est obsédé. Alors vous pouvez soit fumer soit arrêter de fumer mais sans tension, sans crise.

❑

Using effort or force towards something that will fight back with greater effort or force simply will not work. I would recommend using wit.

■

Anstrengung und Kraft gegen etwas zu richten, was mit größerer Anstrengung und Kraft zurückkämpft, wird einfach nicht funktionieren. Ich würde empfehlen, Witz zu benutzen.

■

Faire un effort ou se servir de force contre quelque chose qui va contre-attaquer avec un effort ou une force encore plus grands ne mènera tout simplement à rien. Je vous conseillerais d'être malins.

❑

I had this insight the other day that the need for explanations and definitive descriptions of our Work is really a subversive way of looking for more cracks in which to hide: more excuses for our survival strategy. And that defines my continuing downward spiral in terms of long and specific answers to peoples' questions and discussions of the *dharma*. The more data we have, the more options that data gives us to be exceptions to the rule of awakening and the Law of Sacrifice.

▪

Ich hatte neulich den Einblick, daß das Bedürfnis nach Erklärungen und maßgeblichen Beschreibungen unserer Arbeit wirklich ein subversiver Weg ist, um nach noch mehr Lücken zu suchen, in denen wir uns verstecken können: mehr Entschuldigungen für unsere Überlebensstrategie. Und das erklärt meine ständig geringer werdende Bereitschaft, lange und spezifische Antworten auf Fragen zu geben und Diskussionen über das Dharma zu führen. Je mehr Information wir haben, desto mehr Möglichkeiten haben wir, diese Informationen als Ausnahme von den Gesetzen des Erwachens und dem Gesetz des Opferns zu nutzen.

▪

Il m'est apparu l'autre jour que notre besoin d'explications et de descriptions définitives de notre Travail est en réalité un moyen détourné de chercher toujours plus de failles où nous cacher: encore plus d'excuses pour notre stratégie de survie. Et cela explique pourquoi je réponds de moins en moins longuement et spécifiquement aux questions qui me sont posées et lorsque nous discutons du dharma *ensemble. Plus nous possédons d'informations, plus ces informations nous permettent d'être des exceptions aux règles de l'éveil et à la Loi de Sacrifice.*

❑

As we become more mature in our practice it becomes tacitly obvious that all things have soul. And the more that becomes obvious the more spontaneous and natural is our honoring and respect of all things, which is, in itself, the entering into political and social community beyond our little spiritual enclave.

■

Wenn wir reifer werden in unserer Practice, wird es auf stillschweigende Art offensichtlich, daß alles eine Seele hat, und je offensichtlicher das wird, desto spontaner und natürlicher wird unsere Verehrung und unser Respekt allen Dingen gegenüber, und das bedeutet, daß wir eine politische und soziale Gemeinschaft eingehen, die jenseits von unserer eigenen kleinen spirituellen Enklave ist.

■

Mûrissant dans notre pratique, il nous apparait tacitement évident que toutes les choses ont une âme, et plus cela nous est évident plus nous sommes capables de les honorer et de les respecter spontané--ment et naturellement, ce qui en soi nous permet d'entrer dans une communauté sociale et politique au-delà de notre petite enclave spirituelle.

❏

My definition of fundamental maturity of practice is the ability to maintain basic, ordinary human responsibilities and relationships, self-care, being on time, and things like that, but also a developed sensitivity to moods and spaces, an inner quiet, contemplation, and the willingness to apply whatever protocol or service is needed in a space; the willingness to suffer minor discomforts without complaint, and—not necessarily without fear or excitement—the unquestionable willingness to engage the unknown.

■

■

Meine Definition von fundamentaler Reife der Practice lautet, die Fähigkeit zu haben, grundlegende, alltägliche menschliche Verantwortlichkeiten und Beziehungen aufrechtzuerhalten, für sich zu sorgen, pünktlich zu sein und ähnliche Dinge wie diese, aber auch eine entwickelte Sensibilität für Stimmungen und Spaces zu haben, eine innere Ruhe, Kontemplation und die Bereitschaft, egal, welches Protokoll oder welcher Dienst in einem Space nötig sind, dieses auszuführen; die Bereitschaft, unbedeutende Unannehmlichkeiten ohne Klagen hinzunehmen, und - nicht unbedingt ohne Angst oder Aufregung - die fraglose Bereitschaft, sich auf das Unbekannte einzulassen.

■

Pour moi, un disciple possède une maturité fondamentale de pratique lorsqu'il peut être responsable et entretenir des relations humaines à un niveau de base, un niveau ordinaire - prendre soin de sa santé, être à l'heure, ce genre de choses, mais possède également une fine sensibilité par rapport aux atmospheres et aux espaces, un calme intérieur, contemplatif, qu'il est disposé à respecter le protocole d'un espace donné ou à servir dans cet espace si nécessaire, qu'il est disposé à supporter sans se plaindre une gêne sans importance et qu'il est indiscutablement disposé - pas forcément sans peur ou sans nervosité - à s'engager dans l'inconnu.

❏

For a serious student of transformation, psychological addictions are never allowed to stay as they are. However, physical addictions may be allowed to stay.

■

Für einen ernsthaften Schüler der Transformation dürfen psychologische Abhängigkeiten niemals so bleiben, wie sie sind. Es könnte jedoch erlaubt sein, daß physische Abhängigkeiten bleiben.

■

Il ne sera jamais permis à un disciple sérieusement engagé dans un processus de transformation de conserver ses dépendances psy--chologiques intactes. Ceci dit, il lui sera peut-être permis de conserver ses dépendances physiques.

❏

The process is feminine and the keys to the lock which imprisons Reality or Truth is in a feminine approach. We must go at this knot of confusion, called the mind or sleep or unconsciousness or illusion or maya, with very gentle, humorous, patient, accepting relationships to it. We can practice vigorously but with bright and flexible vigor, not rigid, righteous vigor. We must give ourselves time to relax into this Enlightenment, whatever it is, rather than trying to force it to take us over, permeate our fears and illusions (which of course it cannot do, although the Mind in its incredible brilliance and sophistication can certainly pose as Enlightened and put up a great facade, fooling not only ourselves but the more naive amongst our acquaintances).

Beyond the obvious, which is actually Realizing that which we seek, if we approach the Work as Woman, we may just discover something quite unexpected and surprising, but no less delightful.

▪

Der Prozeß ist weiblich, und die Schlüssel zu dem Schloß, das Wirklichkeit und Wahrheit einschließt, liegen in einer weiblichen Annäherung daran. Wir müssen uns diesem Knoten von Verwirrung, auch Mind oder Schlaf oder Unbewußtheit oder Illusion oder Maya genannt, mit einer sehr sanften, humorvollen, geduldigen und akzeptierenden Haltung nähern. Wir können eifrig praktizieren, aber mit klarem und flexiblem Eifer, nicht mit starrem, rechthaberischem Eifer. Wir müssen uns Zeit lassen, uns in diese Erleuchtung hinein zu entspannen, anstatt zu erzwingen versuchen, daß sie uns in Besitz nimmt, unsere Ängste und Illusionen durchdringt (was Erleuchtung natürlich nicht tun kann, obwohl der Verstand in seiner unglaublichen Brillianz und Raffiniertheit sich sicherlich als erleuchtet darstellen und eine großartige Fassade aufsetzen kann und damit nicht nur uns selbst, sondern auch die etwas naiveren unter unseren Bekannten zum Narren halten kann).

Jenseits des Offensichtlichen, was ganz sicher bedeutet, das zu Realisieren, was wir suchen, werden wir, wenn wir uns dieser Arbeit als Frau nähern, etwas entdecken, etwas völlig Unerwartetes und Erstaunliches, aber nicht weniger Wunderbares.

▪

■

Le processus est féminin et la clé de la porte derrière laquelle est enfermée la Réalité ou la Vérité est une approche féminine. Nous devons nous approcher de ce noeud de confusion que l'on appelle esprit-mental, sommeil, inconscience, illusion ou maya, en ayant avec lui une relation très douce, pleine d'humour, de patience et d'accepta- -tion. Nous pouvons pratiquer avec vigueur mais une vigueur intelli- -gente et souple et non pas rigide et intolérante. Nous devons nous donner le temps de nous détendre dans cette Illumination, quoi que cela soit, au lieu d'essayer de l'obliger à nous prendre de force, à s'infiltrer dans nos peurs et nos illusions (ce qu'elle ne peut évidem- -ment pas faire, même si le Mental, dans son intelligence et sa sophistication incroyables, est certainement capable de se faire passer pour Illuminé et de présenter une facade superbe, nous dupant non seulement nous-mêmes mais également les plus naifs de nos amis).

Par-delà l'évidence, à savoir effectivement Réaliser cela même que nous cherchons, si nous nous approchions du Travail en étant Femme, nous pourrions simplement découvrir quelque chose de bien inattendu, de bien surprenant, mais qui n'en serait pas moins merveilleux.

❑

If you're plagued with pride or vanity or selfishness then that is what you offer God. But many people only want to offer God their goodness, they do not want to offer anything bad to God. It is presumptuous to think that anything we have could be bad for God. I think we can offer anything and everything to God if our spirit of offering is one of devotion, submission, and humility.

■

Wenn du von Stolz, Eitelkeit und Egoismus geplagt wirst, dann ist es das, was du Gott darbringst. Aber viele Menschen wollen Gott nur ihre guten Seiten darbringen, sie wollen Gott nichts Schlechtes anbieten. Es ist anmaßend zu denken, daß irgendetwas, was wir haben, schlecht für Gott sein könnte. Ich denke, wir können wirklich alles, was wir haben, Gott darbringen, wenn es im Geiste von Hingabe (devotion), Unterwerfung und Demut geschieht.

■

Si vous êtes infestés d'orgueil, de vanité ou d'égoïsme, c'est ça que vous offrez à Dieu. Mais les gens ne veulent souvent offrir à Dieu que leurs bons côtés et ne veulent rien lui offrir de mauvais. Il est présomptueux de penser que nous pouvons posséder quelque chose qui puisse être mauvais pour Dieu. Je pense que nous pouvons offrir à Dieu n'importe quoi, tout ce que nous avons, si l'esprit dans lequel nous offrons est un esprit de dévotion, de soumission et d'humilité.

❑

You think God wants to be surrendered to or served, but actually, what is real service to God? To be fully in relationship with God. Not to do things for God; God hardly needs things to be done for Him, Her, or It . . . God's predominant wish, or maybe God's only wish, is to be fully in relationship with you.

▪

Ihr denkt, daß Gott will, daß ihr euch Ihm hingebt oder Ihm dient, aber was ist eigentlich wirklicher Dienst an Gott? Vollkommen in Beziehung mit Gott zu sein. Nicht Dinge für Gott zu tun; Gott braucht wohl kaum Dinge, die für Ihn oder Sie oder Es getan werden . . . Gottes vorherrschender oder möglicherweise einziger Wunsch ist es, in vollkommener Beziehung mit euch zu sein.

▪

Vous croyez que Dieu veut que nous nous abandonnions à Lui ou que nous Le servions, mais en définitive que signifie réellement servir Dieu ? Réellement servir Dieu c'est être pleinement en relation avec Lui. Cela ne veut pas dire faire des choses pour Dieu. Dieu n'a vraiment pas besoin que nous fassions des choses pour Lui ou pour Elle . . . Le premier souhait de Dieu, ou peut-être le seul souhait de Dieu, c'est d'être pleinement en relation avec nous.

❑

To the mind, a broken heart is not very attractive, but to one who wants direct and irrevocable relationship to God, it is the greatest gift. A broken heart that only God can heal is something that is *the* gateway to the Divine.

▪

Für unseren Verstand ist ein gebrochenes Herz nicht sehr anziehend, aber für einen, der eine direkte und unwiderrufliche Beziehung mit Gott will, ist es das größte Geschenk. Ein gebrochenes Herz, das Gott allein heilen kann, ist das Tor zum Göttlichen.

▪

Pour l'esprit-mental, un coeur brisé n'est pas quelque chose de très attirant, mais pour celui qui veut une relation directe et irrévocable avec Dieu, c'est le don le plus grand qui soit. Un coeur brisé que Dieu seul peut guérir est l'unique entrée sur le Divin.

❑

As Krishna's gopis danced at the mention of their Beloved's Name, as they fell ecstatic to earth at the thought of Him, as they exploded in Light at the sight of His form, as they Loved Him, so too, must you Love your Lord, your God. Love him that He may take you, consume you, devour you. And His bliss will be yours. His peace is your very life. His humor, His happiness, your sun.

▪

So wie Krishnas Gopis getanzt haben, als sie den Namen des Geliebten hörten, so wie sie extatisch zu Boden gefallen sind, als sie an Ihn dachten, so wie sie ins Licht explodiert sind, als sie Seine Form sahen, wie sie Ihn liebten, so mußt auch du den Herrn, deinen Gott,lieben. Liebe Ihn, damit er dich nehmen, aufnehmen, verzehren kann. Und Seine Glückseligkeit wird deine sein. Sein Frieden ist die Substanz deines Lebens. Sein Humor, Seine Heiterkeit, deine Sonne.

▪

Comme les gopis de Krishna se mettaient à danser lorsqu'elles entendaient prononcer le Nom de leur Bien-Aimé, tombaient d'extase par terre lorsqu'elles pensaient à Lui, explosaient de lumière lorsqu'elles apercevaient Sa forme, L'aimaient, de la même façon vous devez aimer votre Seigneur, votre Dieu. Aimez-Le afin qu'Il vous prenne, vous consume, vous dévore. Et Son ravissement sera le vôtre. Sa paix est votre vie-même. Son humour, Son bonheur, votre soleil.

❑

Devotion is a feeling of the heart that is expansive and compassionate toward the whole system and process of Creation; the fruits of devotion are human kindness, generosity, and service.

▪

Hingabe ist ein Gefühl des Herzens, das mitteilsam und mitfühlend dem ganzen System und dem Prozeß der Schöpfung gegenüber ist; die Früchte der Hingabe sind menschliche Güte, Großzügigkeit und Dienen.

▪

La dévotion est un sentiment expansif du coeur, un sentiment de compassion envers tout le système et tout le processus de la Création. Les fruits de la dévotion sont la bonté humaine, la générosité et le fait de servir autrui.

❑

How desperately the human race and its continued existence needs real Devotees. I realize it is more than a lot to ask of you, this sacred Way. I ask nonetheless. I am very anxious. I have seen the coming times. It is not only that you need God, it is that we need one another. Need! Not as even food or shelter but as deeply, more deeply, than the very air we breath. You must *consider* Loving God in an organic, total way or life has *no* meaning. This I know - heart, flesh, blood, and soul. I know this chemically and cellularly.

■

Wie verzweifelt doch die menschliche Rasse und ihre fortgesetzte Existenz wahre Devotees braucht. Ich weiß, es ist mehr als viel von euch verlangt, diesen heiligen Weg zu gehen. Ich bitte trotzdem darum. Ich bin sehr besorgt. Ich habe die kommenden Zeiten vorausgesehen. Es ist nicht nur so, daß wir Gott brauchen, wir brauchen uns gegenseitig. Brauchen! Und zwar nicht so, wie wir Nahrung und Unterkunft brauchen, sondern ebenso existentiell, sogar noch existentieller wie wir Luft zum Atmen brauchen. Ihr müßt in Betracht ziehen, Gott auf eine organische, totale Art zu lieben, oder das Leben hat keine Bedeutung. Das weiß ich - mit Herz, Fleisch, Blut und Seele. Ich weiß es chemisch und mit jeder Körperzelle.

■

La race humaine et son existence continue a si désespérément besoin de réels Disciples. Je me rends compte que c'est vous demander plus que beaucoup, cette voie Sacrée. Pourtant je demande. Je suis très inquiet. J'ai vu les temps à venir. Ce n'est pas seulement que vous avez besoin de Dieu, c'est que nous avons besoin les uns des autres. Besoin! Pas même comme nourritures ou toits sur nos têtes, mais aussi profondément, plus profondément encore que l'air que nous respirons. Vous devez considérer Aimer Dieu de façon organique et totale ou bien la vie n'a aucun sens. Ceci je le sais - avec tout mon coeur, toute ma chair, tout mon sang, toute mon âme. Je le sais au niveau chimique et cellulaire.

❑

Existence is meaningless if you don't reach the heart of God.

■

Die Existenz ist bedeutungslos, wenn man das Herz Gottes nicht erreicht.

■

L'existence n'a aucun sens si vous n'atteignez pas le coeur de Dieu.

❑

Ruin is never anything we have a hand in. No one ever makes the gesture to Real Ruin. You don't give up by your own little insignificant volition; the Beloved takes FROM you.

Ruin is to ruin you to everything except the Beloved, and only the Beloved knows if we can handle it.

■

Ruin ist niemals etwas, bei dem wir unsere Hände im Spiel haben. Keiner macht jemals die Geste für Wirklichen Ruin. Ihr gebt nicht etwas auf aus eurem eigenen kleinen, unbedeutenden Willen heraus, der Geliebte nimmt es VON euch.

Ruin bedeutet, euch für alles zu zerstören außer für den Geliebten, und nur der Geliebte weiß, ob wir dem gewachsen sind.

■

Nous n'avons jamais rien à voir avec la Ruine. Personne n'ébauche jamais de mouvement vers elle. Vous ne vous rendez pas De votre propre petite volonté insignifiante: Le Bien-Aimé prend de vous.

La Ruine est d'être ruiné de tout sauf du Bien-Aimé, et seul le Bien-Aimé sait si nous pouvons le supporter.

❑

It is possible through surrender to produce a kind of ecstasy in the body called "Joy." As one practices surrender to the Divine the body becomes brighter and brighter. It is an undeniable radiance.

■

Es ist möglich daß durch Aufgabe (surrender) eine Art Extase im Körper produziert wird, die man "Freude" nennen kann. Wenn jemand Aufgabe (surrender) dem Göttlichen gegenüber praktiziert, wird sein Körper strahlender und stahlender. Es ist ein unverleugbares Leuchten.

■

Lorsque l'on s'abandonne, il est possible de produire dans le corps une certaine qualité d'extase appelée 'Joie'. Lorsque nous pratiquons l'abandon au Divin, notre corps devient de plus en plus lumineux. C'est un rayonnement qui ne peut pas être ignoré.

❑

It is not God Who is the Salvation of human existence, it is the Lovers of God. To God, this expression of manifestation, this human sphere or plane, is not more necessary or relevant than any other sphere or plane on which there are beings capable of self-reflection and intentional surrender to the Great Process of Divine Evolution (of which there are *many!*). We, mankind and this entire Earth/solar system/galaxy/universe, could easily become fertilizer of a Divine sort, or of a quite mundane sort. We could be food for the Law, Sacrificed unto God's Will, or we could just be shit. But because there have been Lovers of God, His Gift has been the source of our continued existence. It is not that we exist *by* Grace, but that Grace allows random human beings to Love God, and this ultimate *human* expression demands and receives the *Help* of God, or continued existence. Lovers of God are the salvation of the rest of us, and God is not our salvation, nor the saints and sages, only the Lovers of God.

▪

Nicht durch Gott geschieht die Rettung der menschlichen Existenz, sondern durch die Liebenden Gottes. Für Gott ist diese Form von Dasein, diese menschliche Sphäre oder Ebene nicht notwendiger oder wichtiger als irgendeine andere Sphäre oder Ebene, wo Wesen zu Selbstreflektion und bewußter Hingabe an den Großen Prozeß der Göttlichen Evolution fähig sind (und es gibt deren viele!). Wir, die Menschheit und diese gesamte Erde/ das Sonnensystem/ die Galaxie/ das Universum könnten leicht Düngemittel von Göttlicher oder eher weltlicher Beschaffenheit werden. Es wäre möglich, Nahrung für das ewige Gesetz zu werden, dem Göttlichen Willen Geopfert, oder wir können einfach Scheiße sein. Aber da es Gottesliebende gegeben hat, wurde Sein Geschenk zur Quelle unserer fortgesetzten Existenz. Es ist nicht so, daß wir durch Seinen Segen existieren, sondern daß Segen beliebigen menschlichen Wesen erlaubt, Gott zu Lieben, und dieser höchste menschliche Ausdruck fordert und erhält die Hilfe Gottes oder die fortgesetzte Existenz. Die Liebenden Gottes sind die Rettung für die anderen von uns, und Gott ist nicht unsere Rettung, und die Heiligen und Weisen auch nicht, nur die Liebenden Gottes.

▪

▪

Ce n'est pas Dieu le salut de l'existence humaine, ce sont les Amoureux de Dieu. Pour Dieu, cette expression de manifestation, cette sphère, ce plan humain n'est pas plus nécessaire ou pertinent que n'importe quel sphère ou plan (et ils sont légions!) où des êtres vivants sont capables de regarder à l'intérieur d'eux-mêmes et de s'abandonner intentionnellement au Grand Processus d'Evolution Divine. Nous, l'humanité et ce complexe Terre/système solaire/galaxie/univers, pouvions facilement devenir un engrais d'un genre Divin ou d'un genre bien ordinaire. Nous pouvions nourrir la Loi, être sacrifiés à la Volonté de Dieu, ou nous pouvions simplement être de la merde. Mais parce-qu'il y a eu des Amoureux de Dieu, Son Don fut la source du fait que nous continuons d'exister. Ce n'est pas que nous existons par grâce, c'est que la Grâce permet aux êtres humains d'Aimer Dieu, et cette ultime expression humaine exige et reçoit l'Aide de Dieu ou de pouvoir continuer d'exister. Les Amoureux de Dieu sont notre salut à tous. Dieu n'est pas notre salut, les saints et les sages non plus. Seuls le sont les Amoureux de Dieu.

❏

It is natural for the human ego or mind to be so enamoured with itself and it's own powers that it expects God to bow down to it and give it what it wants. But the "beggar" assumes one deserves nothing and then every gift is pure Benediction.

▪

Es liegt in der Natur des menschlichen Ego oder des Verstandes, so in sich selbst und seine eigene Kraft verliebt zu sein, daß es von Gott erwartet, daß er sich zu ihm hinunterbeugt und ihm gibt, was es will. Der "Bettler" aber geht davon aus, daß man nichts verdient, und dadurch ist jedes Geschenk reiner Segen.

▪

Il est naturel que l'égo ou le mental humain soit à ce point infatué de lui-même et de ses propres pouvoirs qu'il s'attend à ce que Dieu se prosterne devant lui et lui donne ce qu'il désire. Mais le 'mendiant' part du principe que rien ne lui est dû et chaque don est alors pure Bénédiction.

❏

I may be pompous, verbose, exhibitionatory, arrogant, presumptuous, snobbish, overbearing, cynical and exclusive among other things, but my heart's in the right place: My Father Yogi Ramsuratkumar's Feet.

■

Ich mag wichtigtuerisch, weitschweifig, exhibitionistisch, arrogant, vermessen, snobistisch, herrisch, zynisch und einmalig sein neben einer Menge anderer Sachen, aber mein Herz ist am rechten Platz: Zu Füßen meines Vaters Yogi Ramsuratkumar.

■

Je suis peut-être, entre autre, pontifiant, verbeux, exhibitionneur, arrogant, présomptieux, snobinard, impérieux, cynique et exclusif, mais mon coeur est au bon endroit: aux pieds de mon Père Yogi Ramsuratkumar.

❑